Skyhunter gewinnen

Stonefire Drachen Universum
Buch 1

Jessie Donovan

Mythical Lake Press, LLC

Impressum

Dies ist eine erfundene Geschichte. Namen, Charaktere, Orte und Vorfälle sind entweder ein Fantasieprodukt der Autorin oder werden fiktional verwendet. Jegliche Ähnlichkeit mit Personen, ob lebend oder tot, Firmen, Ereignissen oder Orten ist rein zufällig.

Skyhunter gewinnen
Englisches Copyright © 2019 Laura Hoak-Kagey
Deutsches Copyright © 2025 Laura Hoak-Kagey
Deutsche Übersetzung von Anna Drago und Katrin Dolle
Mythical Lake Press, LLC
www.JessieDonovan.com

Cover-Art von Laura Hoak-Kagey von Mythical Lake Design

ISBN: 979-8891560505

Die **Stonefire Drachen** und **Lochguard Highland Drachen** Serien sind miteinander verflochten. Da so viele Leser nach der Lesereihenfolge fragen, habe ich sie in dieses Buch aufgenommen. (Diese Liste gilt ab März 2025.)

Bücher von Jessie Donovan

Die Stonefire-Drachen

Dem Drachen geopfert

Den Drachen verführen

Die Drachen offenbaren

Den Drachen heilen

Den Drachen wiedererwecken

Vom Drachen geliebt

Dem Drachen ergeben

Vom Drachen geheilt

Dem Drachen helfen

Den Drachen finden

Vom Drachen ersehnt

Den Drachen überzeugen - erscheint demnächst

Lochguard Highland Drachen

Das Dilemma des Drachen

Der Drachenwächter

Das Drachenherz

Der Drachenkrieger

Die Drachenfamilie

Die Entdeckung des Drachen - erscheint demnächst

Stonefire Drachen Universum

Skyhunter gewinnen

Snowridge Verwandeln - erscheint demnächst

Kapitel Eins

Asher King stand etwa sechs Meter von einem zweistöckigen Backsteingebäude entfernt und ballte seine Hände zu Fäusten. Einst hatte er geschworen, nie wieder einen Fuß in das Hauptsicherheitsgebäude des Clans Skyhunter zu setzen. Und doch stand er jetzt hier, bereit, es aus freien Stücken zu betreten.

Sein Blick wanderte zu dem Fenster knapp über dem Erdboden, das mit Stahlstangen vergittert war. Der Flur und die Räume dahinter waren ihm nur zu gut bekannt. Mehr als fünf Jahre hatte er dort in einer Zelle angekettet verbracht, ständig unter Drogen gesetzt, um seinen inneren Drachen davon abzuhalten, mehr zu tun, als ziellos in seinem Geist umherzuirren, unfähig, sich zu wandeln.

Alles nur, weil er nicht mit dem Clanführer und dessen Umgang mit dem Clan einverstanden gewesen war.

Sein innerer Drache regte sich und sprach in seinem Verstand. *Wir haben die Chance, seine Fehler zu beheben und die Situation zu verbessern.*

Bist du dir sicher? Denn der Eintritt in unser ehemaliges Gefängnis ist nur der erste Schritt auf einem sehr langen, schwierigen Weg.

Sein Tier schnaubte. *Natürlich bin ich sicher. Wer weiß sonst, was mit dem Clan passiert? Sie brauchen einen guten Anführer, wenn wir ihn wieder aufbauen wollen. Wir würden gute Arbeit leisten.*

Asher hatte sich wochenlang gequält und darüber gegrübelt, ob er in der Lage wäre, seine Vergangenheit zu überwinden, und eine Chance bekäme, die Führungsposition des Clan Skyhunter zu gewinnen. Seine eigene körperliche Stärke und die Ausdauer des Drachen waren nicht die einzigen Hindernisse. Nein, der ehemalige Clanführer Marcus King war sein Onkel.

Es spielte keine Rolle, dass Asher sich gegen den Bastard erhoben und versucht hatte, das Ministerium für Drachenangelegenheiten um Hilfe zu bitten; viele von denen, die noch in Skyhunter lebten, sahen nur seinen Namen.

Es liegt im Blut, sagten einige. *Marcus war auch einmal ein guter Anführer.*

Sein Drache knurrte. *Hör einfach auf. Wir würden niemals einem Menschen erlauben, Leichen auf unserem Land zu begraben, geschweige denn ein Clanmitglied ins Gefängnis zu stecken und zu missbrauchen.*

Alles Dinge, die Marcus getan hatte, alles zu seinem eigenen Vorteil. *Das weiß ich. Bei den ersten Anzeichen von Überanstrengung oder irgendwas, das für uns zu viel ist, sagst du es mir sofort.*

Ich bin stark genug. Das werde ich immer sein.

Drache ...

Sein Tier hielt inne. Es hatte mal eine Zeit gegeben, da hätte Asher genau gewusst, wie sich sein innerer Drache verhalten würde. Aber nach fünf Jahren Trennung wegen Drogen testeten sie sich immer noch gegenseitig aus und mussten herausbekommen, wie sie wieder zusammenpassten.

Fast keiner der anderen Anwärter auf die Führungsposition hatte ein solches Handicap.

Das war der größte Vorbehalt, den Asher bei dem Versuch hatte, das Recht auf die Clanführerschaft zu gewinnen. Schließlich lächelte er nicht so oft oder machte Witze wie vor der Inhaftierung. Wer wusste, was die Langzeitdrogen seinem Drachen angetan hatten.

Sein Tier schnaubte. *Wir sind vielleicht nicht mehr genau die Gleichen, aber ich bin immer noch ehrenhaft. Ich würde niemals andere gefährden, nur um mein Ego zu stärken. Ich würde lieber sterben.*

Die Worte seines Drachen beruhigten seine Nerven ein wenig. *Und mehr muss ich nicht hören.*

Gut, dann lass uns gehen. Wir dürfen nicht zu spät kommen, sonst haben wir nie eine Chance. Der kleinste Fehler oder Patzer wird uns von den Prüfungen disqualifizieren.

9

Asher rückte die lächerliche Krawatte um seinen Hals zurecht – sie und der Anzug, den er trug, waren eine Voraussetzung, die vom entscheidenden Rat gestellt worden war – und ging direkt zum Haupteingang des Sicherheitsgebäudes der Beschützer.

Er hätte fast an der Tür innegehalten, als Bilder seiner dunklen, schmutzigen Gefängniszelle, die er mit mehreren anderen Männern geteilt hatte, seinen Geist erfüllten. Männern, die nach einer Folterung manchmal schluchzend zusammengebrochen waren. Andere, die wegen des Schweigens ihrer Drachen Anzeichen von Wahnsinn gezeigt hatten. Und dann diejenigen, die alle Hoffnung verloren hatten und einfach das Leben selbst aufgaben.

Asher war nahe rangekommen, so nahe, dass er gegen Ende um sich geschlagen hatte. Er hätte vielleicht nicht intakt überlebt, wenn Marcus noch viel länger das Sagen im Clan gehabt hätte.

Sein Tier meldete sich zu Wort. *Aber er ist weg, und das ist alles, was zählt. Du bist nicht zerbrochen. Du bist stark.* Es richtete sich in seinem Kopf weiter auf. *Ich bin froh, dass du mein Mensch bist.*

Die Liebe und der Stolz, die von seinem inneren Tier ausgingen, ließen Asher lächeln. *Und ich bin froh, dass du mein Drache bist. Nun, zumindest die meiste Zeit.*

Bevor sein Tier protestieren konnte, überschritt Asher die Schwelle und ging mit schnellen Schritten zum Hauptkonferenzraum. Hier trafen sich alle Clan-anführer-Kandidaten mit ihrer Verbindungsperson aus dem Ministerium für Drachenangelegenheiten, dem Zweig der britischen Regierung, der sich mit den Drachenwandlern befasste und sich um sie kümmerte.

Das MDA beschäftigte sich normalerweise nicht mit Clanführerwettkämpfen. Die meisten ihrer Bemühungen drehten sich um das Menschenopfer-programm, bei dem Menschenfrauen bereitwillig einem Drachenmenschen erlaubten, sie im Austausch für ein Fläschchen mit wertvollem Drachenblut zu schwängern, das viele menschliche Krankheiten heilen konnte.

In den letzten Monaten hatte das MDA nach dem, was Asher seit seiner Freilassung mitbekommen hatte, genauso viel Mühe darauf verwendet, diejenigen zu finden und zu unterwerfen, die Drachenwandler zerstören oder versklaven wollten, wie sie es für ihre anderen Pflichten taten. In den Nachrichten wurde darüber berichtet, wie wenig Personal sie zudem meist hatten.

Doch auch wenn diese Aufgaben einen Großteil ihrer Zeit in Anspruch nahmen, rechtfertigte die frühere Korruption sowohl des Skyhunter-Anführers als auch des ehemaligen MDA-Direktors außeror-dentliche Vorsicht. Niemand wollte eine Wiederholung.

Daher die Beaufsichtigung der Skyhunter-Wett-kämpfe durch das MDA.

Sein Tier schnaubte. *Wie lange wird es dauern,*

bis andere aufhören, uns alle für Marcus' Verrat verantwortlich zu machen?

Ich weiß nicht. Aber wütend zu werden, wird nichts bewirken. Lass deine Energie lieber in die Wettkämpfe fließen.

Asher erreichte den Eingang zum großen Konferenzraum und nickte dem männlichen Wachposten zu. Robin war unter Marcus' Herrschaft wie Asher ein Gefangener gewesen, auch wenn sie keine Zellengenossen gewesen waren.

Sie teilten einen verstehenden Blick. Unabhängig davon, wer Anführer wurde, kein Clanmitglied würde jemals wieder inhaftiert werden, nur weil derjenige seine Meinung geäußert hatte.

Sobald Asher im Raum war, sah er sich kurz um. Es gab sieben weitere Kandidaten: Fünf Männer und zwei Frauen. Er kannte sie zwar alle, aber es war die blonde Frau mit blauen Augen am Ende des Tisches, die ihm gleich auffiel.

Sie mochte älter und jetzt erwachsen sein, aber er würde Honoria Wakeham überall erkennen.

Woher sie jedoch gekommen war, wusste er nicht. Ihre Eltern hatten sie vor fast fünfzehn Jahren zu ihrem Schutz nach Amerika geschickt, damals, als sie ein Teenager gewesen war und Marcus angefangen hatte, fragwürdige Entscheidungen zu treffen.

Honorias Blick begegnete seinem, und das Weiten ihrer Augen sagte ihm, dass auch sie wusste, wer er war.

Sein Drache meldete sich zu Wort. *Ich will mit ihr reden.*

Nicht jetzt.

Bald? Ich habe sie vermisst. Und sie ist noch hübscher als zuvor. Sehr hübsch. Vielleicht kannst du endlich deine Trockenphase mit ihr beenden.

Es ist nicht wirklich eine freiwillige Trockenphase, wenn man fünf Jahre im Gefängnis sitzt, gab er gedehnt zurück.

Natürlich war Asher sich nicht sicher, ob er schon mental mit einer Frau umgehen konnte, so oder so. Niemand wollte neben einem Mann aufwachen, der in seinen Alpträumen schrie.

Asher verdrängte die Gedanken an Alpträume und Sex und setzte sich rasch auf den letzten freien Stuhl auf einer Seite des Tisches, direkt neben einem der Männer.

Kaum hatte er Platz genommen, stand eine junge Frau auf, die nicht älter als fünfundzwanzig zu sein schien, und räusperte sich. Er wusste lediglich, dass sie eine der menschlichen MDA-Angestellten war. „Guten Tag. Mein Name ist Penny, und ich danke Ihnen allen für Ihr Kommen – vor allem, da ich weiß, dass dies nicht die übliche Methode ist, um einen Clanführer auszuwählen. Ich denke jedoch, wir sind uns alle einig, dass der zukünftige Clanführer von Skyhunter bereit sein muss, mit dem MDA und den anderen Clans in Großbritannien zusammenzuarbeiten, um einen weiteren Skandal zu verhindern. Tatsächlich werden die anderen britischen Clanführer hierherkommen und mit Ihnen sprechen. Sie werden bei der endgültigen Entscheidungsfindung helfen, auch wenn es letztlich die Aufgabe des MDA sein wird, zu bestimmen, wer das Kommando übernehmen darf."

Alle Drachenwandler saßen schweigend da. Der unterschwellige Ton der MDA-Mitarbeiterin entging ihnen nicht. Dies war Skyhunters letzte Chance, sich zu bewähren. Auch wenn es Jahrhunderte her war, seit ein Drachenwandler-Clan aufgelöst worden war, war dies in der Vergangenheit geschehen – und Skyhunter könnte leicht der nächste sein.

Ashers Tier meldete sich. *Wir werden nicht scheitern. Jeder, der bei Skyhunter bleibt, ist bestrebt, es wieder aufzubauen und voranzukommen.*

Ich bin mir nicht sicher, ob jeder das richtige Wort ist, aber zumindest genügend viele.

Das MDA hatte bereits vor einigen Monaten alle Mitverschwörer entfernt. Glücklicherweise war es eine viel kleinere Zahl gewesen, als Asher sich vorgestellt hatte.

Penny ergriff erneut das Wort und sah nacheinander jeden Kandidaten an. „Heute wird der Interviewteil der Wettbewerbe stattfinden. Der erste Kandidat, Lee, kommt jetzt mit mir."

Lee stand auf. Ohne einen Blick zurück ging er mit der MDA-Mitarbeiterin mit und ließ die verbleibenden Kandidaten im Raum.

Zuerst senkte sich Schweigen auf sie und blieb. Asher blickte jedoch ans andere Ende des Tisches und traf Honorias Blick. Nachdem er gelernt hatte, nicht das Leben zu verschwenden, das er noch hatte, fragte er: „Wann bist du zurückgekommen, Ria?"

Honoria Wakeham war eine Fremde in ihrem eigenen Clan.

Ihre Eltern hatten Marcus' verändertes Verhalten vor fünfzehn Jahren bemerkt und Honoria fortgeschickt, damit sie bei entfernten Cousins in Amerika lebte. Obwohl sie sich im Clan Wild-Canyon in der Nähe von San Francisco nie ganz zu Hause gefühlt hatte, hatte sie ihr Bestes getan, um ein neues Leben in Kalifornien zu beginnen. Ja, durch ihren Akzent war sie immer aufgefallen, ebenso wie durch ihren Namen – in der Gegenwart hieß kein Amerikaner jemals Honoria. Aber sie hatte Freundschaften geschlossen, einen Abschluss in Wirtschaft gemacht und war kurz davor gewesen, ein Joint Venture zwischen dem amerikanischen Ministerium für Drachenangelegenheiten der Westküstenregion und dem Clan WildCanyon zu gründen. Sie hatte gerade ihr Leben in Gang gesetzt, in Richtung einer dauerhafteren Stellung bei den amerikanischen Drachenwandlern, als Nachrichten von Clan Skyhunters Umbruch und Marcus Kings Absetzung in die Staaten gelangten.

Sobald sie von den bevorstehenden Clanführerwettkämpfen gehört hatte, hatten Honorias Bauch und Drache sie gedrängt, nach Hause zurückzukehren. Trotzdem war sie auf der Hut gewesen. Keine Frau hatte in letzter Zeit einen Drachenwandler-Clan geführt.

Doch angesichts der Neuigkeiten über die Existenz eines weiblichen Clanführers – Teagan O'Shea – und ihrer Aktionen, die sich auf der ganzen Welt verbreiteten, war dies der letzte Schubs gewesen, den sie gebraucht hatte, um ihr Leben wieder aufzunehmen und nach England zurückzukehren. Eine Frau zu sein war kein Grund mehr, keinen Clan zu führen, zumal immer mehr von Teagans Taten in Irland bekannt wurden.

Ihr Drache meldete sich zu Wort. *Natürlich können Frauen führen. Es ist dumm, was anderes zu denken.*

Dass du denkst, wir könnten führen, und dass andere es akzeptieren, sind zwei verschiedene Dinge. Aber dass Teagan die korrupten irischen Clanführer zur Strecke gebracht hat, hat allen gezeigt, dass auch eine Frau stark sein kann.

Ihr Drache schnaubte und verstummte.

Honoria begann wieder mit der rhythmischen Atmung, um ihre Nerven zu beruhigen, während sie im Konferenzraum darauf wartete, bis es losging. Und dann betrat die letzte Person den Raum, von der sie erwartet hatte, dass sie an den Wettkämpfen teilnehmen würde.

Asher King.

Sie waren einmal Freunde gewesen. Mehr als

Freunde, um ehrlich zu sein. Honoria war jedoch in ein anderes Land geschickt worden, ohne sich von ihm verabschieden zu können.

Als Erwachsene verstand sie die Vorsicht ihrer Eltern und das Bedürfnis, schnell zu handeln. Aber als verliebtes Teenager-Mädchen hatte es sie fast ein Jahr lang am Boden zerstört.

Ihr Drache sagte, *Aber er ist jetzt hier.*

Richtig, und jetzt ist er ein Rivale. Außerdem bin ich sicher, dass ein ehrenwerter Mann wie er seine Gefährtin mittlerweile gefunden hat.

Die Stimme ihres Tieres wurde leise. *Nur, wenn jemand bereit war, fünf Jahre auf seine Freilassung zu warten.*

Nicht lange, nachdem Honoria wieder bei Skyhunter angekommen war, hatte sie Details über die Regierungszeit des ehemaligen Anführers gehört, die nicht in die internationalen Medien gelangt waren – Folter, Inhaftierung und absichtliche Hetze einiger Clanmitglieder gegeneinander. Für einen ehrenwerten Drachenwandler konnte es nicht leicht gewesen sein, zu überleben.

Bevor ihre Gedanken jedoch zu all den Gerüchten wanderten, die sie gehört hatte, begann die MDA-Mitarbeiterin zu sprechen.

Erst als der Mensch gegangen war, überlegte Honoria, was zu tun sei. Mit Asher – oder einem der anderen Kandidaten – zu sprechen, wäre eine schlechte Idee. Sie musste unparteiisch bleiben, wenn sie eine Chance haben wollte, das Recht zu gewinnen, Skyhunter zu führen und sie aus dem Ruin zurückzuholen.

Gerade als ihr Drache etwas sagen wollte, drang Ashers tiefe Stimme durch den Raum. „Seit wann bist du zurück, Ria?"

Die Silben, wie er ihren Spitznamen sagte, rollten über sie. Unfähig zu widerstehen, sah sie in seine blauen Augen.

Als Teenager waren sie immer voller Humor oder Lachen gewesen. Jetzt sah sie nur Härte und Entschlossenheit.

Sie fragte sich, welche Schrecken Asher unter Marcus Kings Führung widerfahren waren. Irgendwas hatte den neckenden, lächelnden Jungen zu dem gemacht, was er jetzt war.

Mehr denn je dachte sie, ihre Eltern hatten recht gehabt, sie wegzuschicken.

Nur schade, dass jetzt nicht der richtige Zeitpunkt war, Asher nach Details zu fragen. Stattdessen hielt sie ihren Ton unbeschwert, als sie antwortete: „Ich bin vor einer Woche hierher zurückgekehrt."

Er nickte. „Schön zu hören, dass du noch deinen Akzent hast."

„Ich habe mich bemüht, ihn zu behalten. Du wärst überrascht, wie sehr die Amerikaner es lieben, ihn zu hören."

Es wurde still, und Honoria überlegte, das Gespräch am Laufen zu halten. Sie war neugierig, mehr über ihren Jugendfreund zu erfahren, und dennoch wäre es besser, Distanz zu wahren.

Ihr Drache meldete sich zu Wort. *Ich will keine Distanz wahren. Er ist härter, intensiver. Ich will ihn.*

Da Honoria keine Dringlichkeit oder ständiges Verlangen von ihrem Tier spürte, hatte sie so das Gefühl, Asher sei nicht ihr wahrer Gefährte.

Normalerweise ließ ein Kuss einen Drachenwandler wissen, ob eine Person ihr wahrer Gefährte war. Wenn ja, dann würde es einen Gefährtenrausch auslösen, der eher wie ein Sex-Marathon war, bis die Frau endlich schwanger war.

Ja, sie hatte Asher als junges Mädchen geküsst, aber der Rausch kam erst, wenn eine Frau zwanzig Jahre alt war oder so.

Ihr Drache ergriff das Wort. *Ich will keinen wahren Gefährten. Es gibt zu viel zu tun, wenn wir die Führung über den Clan gewinnen, und ein Gefährte würde uns nur ablenken.*

Ich stimme voll und ganz zu.

Das heißt aber nicht, dass ich ihn nicht noch mal küssen möchte. Stell dir all diese Intensität vor. Es wäre köstlich.

Ashers Stimme unterbrach das Gespräch mit ihrem Tier. „Warum bist du jetzt zurückgekommen? Ich habe gehört, du warst ein aufsteigender Stern in Kalifornien."

Ihr Drache richtete sich auf. *Er hat uns im Auge behalten.*

Pst.

Sie sah die anderen im Raum an, aber keiner von ihnen sah ihr in die Augen. „Wenn du nach einer

Schwäche suchst, die du ausnutzen kannst, werde ich sie dir nicht geben, Ash."

Seine Lippen verzogen sich zu einem bittersüßen Lächeln. „Nur wenige nennen mich noch Ash."

Einer der männlichen Kandidaten brummte: „Weil du ein King bist und daran erinnert werden musst."

Honoria sollte ihren Mund halten. Schließlich konnte es ihr später Ärger bringen, wenn sie Asher jetzt verteidigte. Doch die Worte sprudelten von ihren Lippen, bevor sie sie zurückhalten konnte. „Als wäre deine Familie frei von Verrat, Shane. Dein älterer Bruder war schließlich oberster Beschützer unter Marcus."

Shane Farhall wandte Honoria den Kopf zu, Hass in seinen Augen. „Und deswegen bin ich hier, um die Dinge zu richten. Kings Familie jedoch hat die Befehle erteilt. Mein Bruder hatte nur die Wahl, ihnen zu folgen oder selbst eingesperrt zu werden."

Ashers Ton war fast gelangweilt, als er einwarf: „Dein Bruder hätte den Mund aufmachen können, wie ich." Bitterkeit erfüllte seine nächsten Worte. „Doch nein, das hat er nicht. Stattdessen hat er geholfen, Leichen auf unserem Land zu begraben. Und dann noch menschliche Leichen! Er hatte die Kontrolle über alle Sicherheitskräfte bei Skyhunter, hat aber nichts unternommen, um den Clan tatsächlich zu schützen."

Shane stand auf und drehte sich in Richtung Asher. „Jeder weiß, dass dein Onkel Clanführer war, aber was ist mit deinem Cousin?" Er beugte sich vor und knurrte: „Obwohl es nie offiziell erklärt wurde, weiß jeder, dass er die Gefangenen gefoltert hat."

„Ich weiß. Ich war einer der Gefangenen, weißt du noch? Blut ist nicht immer gleich Familie, besonders in der Tyrannei", erklärte Asher.

„Das kannst du leicht sagen, und niemand kann es wissen. Ich bin sicher, dass du eine Sonderbehandlung bekommen hast, im Gegensatz zu den Dutzend Männern, die während ihrer Gefangenschaft starben."

Ashers Pupillen blitzten zu Schlitzen und zurück. „Sonderbehandlung? Versuch du mal, tagelang in einem hellen, weißen Raum zu sitzen, während die Musik spielt und niemals aufhört. Es treibt deinen Drachen an den Rand. Nicht, dass du es wüsstest, Shane. Du warst ja damit beschäftigt, dich in Wales zu verstecken."

Honorias Drache meldete sich zu Wort. *Wenn wir nichts unternehmen, töten sie sich vielleicht gegenseitig.*

Normalerweise würde Honoria sagen, ihr Drache übertreibt. Doch Shanes Jähzorn war schon als Kind berüchtigt gewesen. Sie zweifelte nicht daran, dass er sich und seinen Drachen riskieren würde, um Rache für die lebenslange Haftstrafe seines Bruders in einem MDA-Gefängnis zu bekommen. Und Shane dachte, wenn er ein Mitglied der King-Familie töten könnte, wäre das ein Ausgleich.

Ihr Drache schnaubte. *Diese Art des Denkens*

21

gehört den Drachenwandlern alter Zeiten, nicht ins 21. Jahrhundert.

Vernunft hat nichts damit zu tun, Drache. Männliche Emotionen und Rache haben in der Vergangenheit so manch einen Krieg ausgelöst.

Bevor sie daran denken konnte, wie sie eingreifen sollte, verschränkte Asher die Arme und sah geradeaus an die Wand. „Spar dir deine Kraft für die Prüfungen. Wenn du wirklich glaubst, dass du besser bist als ich, dann beweise es."

Sie widerstand einem Blinzeln. Die ältere Version von Asher war geradezu ... besonnen. Sogar weise.

Ihr Tier schnurrte, *Ich mag das. Es war okay, ihn als Teenager zu küssen, aber ich interessiere mich mehr für den erwachsenen Mann.*

Als sie Ashers Profil musterte, bemerkte sie ein paar Narben in der Nähe seines Kiefers. *Ich frage mich, ob die aus seiner Zeit als Gefangener stammen.*

Wenn ja, wird er es uns nicht erzählen. Männer sind stur.

Richtig, weil weibliche Drachen nie *stur sind, oder?*, fragte Honoria gedehnt.

Ihr Tier schnaubte. *Alle Drachen sind bis zu einem gewissen Grad stur. Aber Männer sind aus Prinzip stur. Fast, als ob sie denken, es macht sie mehr Macho oder so.*

Honoria dachte nicht, dass Asher aus Prinzip stur wäre. *Wenn seine Narben eine Folge von Folter sind, dann will er natürlich nicht darüber reden.*

Und es traf sie – Asher hatte mindestens fünf Jahre als Gefangener verbracht. Richtig, sie hatte davon gehört. Aber als sie sein Profil anstarrte und das Narbenmuster an seinem Kiefer verfolgte, wurde es zu mehr als Worten. Diese blassen weißen Flecken waren nur ein Bruchteil des Beweises, was er ertragen hatte.

Der Beweis, dass der Mann, der nicht weit von ihr saß, nicht der Teenager war, mit dem sie sich hinausgeschlichen hatte, um ihn zu küssen, wenn sie konnte.

Die Stimme ihres Drachen war leise, als er sagte: *Das ist keine schlechte Sache. Er ist ein Überlebender.*

Ja, aber ich mache mir auch Sorgen um seine psychische Gesundheit. Ich möchte glauben, dass Asher ein guter Kandidat ist, aber es ist erst sechs Monate her, dass Marcus abgesetzt und die Gefangenen freigelassen wurden.

Umso mehr Grund, ihn später aufzusuchen und zu reden.

Ich bin mir sicher, dass du nur ans Reden denkst.

Ich hätte auch nichts gegen Sex. Es ist schon zu lange her.

Ich werde mich nicht schuldig deswegen fühlen. Ich musste in Amerika alles in Ordnung bringen, bevor ich nach England kam.

Ihr Drache grunzte, rollte sich in ihrem Kopf zu einer Kugel zusammen und schloss die Augen, um so zu tun, als schliefe er.

Der MDA-Mensch Penny kehrte allein zurück

und rief Ashers Namen. Honoria sah zu, wie er für sein Einzelgespräch zur Tür hinausging. Auch wenn sein Gang selbstbewusst war, fragte sie sich, was er tief im Inneren verbergen mochte.

Vielleicht, wenn sie mit ihrem Interview fertig war, würde sie ihn aufsuchen. Schließlich war eines der Merkmale eines guten Clanführers, mit Clanmitgliedern zu sprechen und zu beurteilen, wie es lief.

Mit Asher zu reden wäre also nur Übung, falls sie gewann. Ja, nur Übung. Es hatte nichts mit ihrer eigenen Neugierde zu tun.

Ihr Drache schnaubte. *Lügnerin!*

Honoria ignorierte ihr Tier und übte ihre Atemtechniken. Gute Ergebnisse im Interview waren wichtiger als alles andere. Und um ihr Bestes zu geben, musste sie ihren Verstand von Asher King und den Narben an seinem Kiefer befreien.

Kapitel Zwei

Als Asher in eines der Beschützerbüros kam, die an diesem Tag vom MDA genutzt wurden, brauchte es jede Menge Kraft, um nicht an ein anderes Verhör im selben Gebäude zu denken. Dasjenige, das vor fast sechs Jahren sein Schicksal besiegelt hatte, als er nicht geleugnet hatte, Marcus King stürzen zu wollen.

Sein Drache knurrte. *Das hier wird unsere Zukunft bestimmen, und zwar eine unserer Wahl. Versau es nicht!*

Das habe ich nicht vor. Und jetzt halt' die Klappe! Ich muss mich konzentrieren.

Asher setzte sich auf den Stuhl gegenüber von Penny und wartete geduldig auf das, was als Nächstes geschah.

Die Menschenfrau räusperte sich und sah auf das Blatt auf ihrem Klemmbrett. Eine Sekunde später begegnete sie seinem Blick. „Also, Mr. Asher

King, sagen Sie mir, warum Sie der Anführer des Clan Skyhunter sein wollen."

Oberflächlich gesehen war die Frage einfach. Die Art und Weise, wie man darauf antwortete, konnte jedoch viel über den eigenen Charakter verraten. Folter durch die Hand seines Bastard-Cousins hatte ihn das zumindest gelehrt.

Er antwortete: „Ich möchte Skyhunter wieder respektabel und vertrauenswürdig machen, wie es das damals war, als ich noch ein kleines Kind war. Ich habe in den letzten Monaten mein Bestes gegeben, um alles in Erfahrung zu bringen, was während meiner Gefangenschaft passiert ist, und ich bin zuversichtlich, dass die Zukunft in der Zusammenarbeit mit den anderen britischen Drachenwandler-Clans liegt."

Penny räusperte sich erneut. „Ah, ja. Ihre Inhaftierung. Um ehrlich zu sein, das bereitet allen beim MDA Sorgen. Egal, wie ehrenhaft Ihre Absichten sind, sie werden nichts bedeuten, wenn Sie plötzlich instabil werden als Folge Ihrer ..."

Sie verstummte, also beendete Asher den Satz. „Folter."

Die Menschenfrau rutschte auf ihrem Sitz herum. Sie fühlte sich eindeutig unwohl bei dem Thema.

Allerdings würde es seinem Fall nicht helfen, um das Thema herumzuschleichen. Asher meldete sich erneut zu Wort. „Ich habe den Berater gesehen, der uns vom Clan Snowridge ausgeliehen wurde."

Snowridge war der Drachen-Clan im Norden von Wales. „Sie können mit Dr. Allonby über meine Sitzungen sprechen, wenn Sie möchten. Aber ich habe die Kontrolle über meinen Geist und meinen Drachen. Ich hätte meinen Namen nicht ins Rennen gebracht, wenn es nicht so wäre."

Der Mensch blätterte durch einen Stapel Papiere. Er wünschte, sie hätten jemanden mit mehr Erfahrung geschickt, oder zumindest einen Menschen mit dem Selbstvertrauen, das nötig wäre, um die Prozesse zu überwachen. Diejenigen, die darum wetteiferten, Clanführer zu werden, wären keine sanften, stillen, biederen Individuen.

Natürlich verhielten sich die meisten Menschen seltsam in Gegenwart eines Drachenwandlers. Es war wirklich lächerlich, denn es war nicht so, als würde er plötzlich wandeln und sie zu seinem Abendessen machen.

Sein Tier grunzte. *Drachen haben seit über zehntausend Jahren keine Menschen mehr gefressen.*

Schhh.

Penny musste seine blitzenden Drachenaugen nicht bemerkt haben und machte ganz normal weiter. „Ich werde später mit dem Berater sprechen. Lassen Sie mich nun Ihr Wissen über die MDA-Politik und die Gesetze für Drachenwandler in Großbritannien testen."

Als der Mensch eine Frage nach der anderen stellte, beantwortete Asher sie, ohne nachzudenken. Er hatte immer schon das Talent gehabt, sich Dinge

27

zu merken, die er irgendwann einmal gelesen hatte. Die Fähigkeit hatte dazu beigetragen, Langeweile und Wahnsinn während seiner Gefangenschaft abzuwehren, da er sich fast Wort für Wort an ein Buch erinnern konnte und es in seinem Kopf wiedergab.

Allzu schnell war die Frau fertig und entließ ihn. Das Interview schien ziemlich sinnlos, um die Wahrheit zu sagen. Und wenn einer der Kandidaten diese Phase, die nicht mehr als ein Gedächtnistest war, nicht bestehen konnte, wäre er tatsächlich schwach.

Sein Drache meldete sich zu Wort. *Das MDA muss gründlich sein. Das ist so ein Menschending.*

Jeder Narr kann sich die Regeln merken, aber du hast recht. Vielleicht wird Shane den ersten Test nicht bestehen, und wir müssen uns keine Sorgen um ihn machen.

Du hättest dich von ihm nicht provozieren lassen sollen.

Asher verließ schließlich das zentrale Sicherheitsgebäude und ging zielstrebig in Richtung des Hauptwohnbereichs des Clans. *Er ist weggelaufen, während wir geblieben sind und versucht haben, unser Bestes zu tun, um gegen Marcus zu kämpfen.*

Stimmt, aber es ist leichter, jemand anderem die Schuld dafür zu geben, dass was schiefgelaufen ist, als seine eigene Rolle darin einzugestehen.

Er schnaubte. *Seit wann bist du so weise?*

Ich konnte nicht reden, während ich unter Drogen war, aber ich konnte denken. Nach all den Jahren könnte ich inzwischen ein verdammter Philosophie-professor sein.

Oh, nein. Ich glaube nicht. Ich will nützlich sein, und über den Sinn des Lebens oder des Universums nachzudenken, wird hier nichts ändern.

Sein Tier grunzte und kehrte ihm den Rücken zu. Asher hätte den ersten Schritt machen und sein Tier beruhigen sollen, aber sie hatten das Haus seiner Mutter erreicht, und das Letzte, was er wollte, war, dass seine Drachenaugen blitzten, während er seine Schwester besuchte.

Er tat sein Bestes, die Traurigkeit aus dem Gesicht zu halten, und ging Richtung Küche. Und richtig, seine Mutter war dabei zu backen und plauderte auf eine stille Gestalt ein, die am Esstisch saß.

Seine Mum bemerkte ihn und lächelte. „Asher, wie ist es gelaufen?"

„Okay, nehme ich an. Die echten Tests kommen später."

Seine Mutter nickte. „Nun, setz dich, und ich bringe dir dein Mittagessen. Aimee hat darauf gewartet, dich heute zu sehen."

Aimee war Ashers viel jüngere Schwester. Er setzte sich der Frau gegenüber, die dieselben dunklen Haare und blauen Augen hatte wie er. Er streckte seine Hand über den Tisch und berührte ihren Arm, aber Aimee starrte weiter ausdruckslos geradeaus, als wäre er gar nicht da.

Im Gegensatz zu Asher hatte seine Schwester die Gefangenschaft nicht mit einem gesunden Drachen überlebt. Schlimmer noch, sie hatte seit ihrer Freilassung kein Wort gesprochen.

Als er seine dreiundzwanzigjährige Schwester ins Nichts starren sah, wollte er aus dem Haus rennen, seinen Onkel und Cousin finden und sie bezahlen lassen. Aimee war gerade erst verdammte achtzehn gewesen, als sie sie in eine Gefängniszelle geworfen und ihren Drachen unter Drogen gesetzt hatten. Da die Drachen erst um zwanzig reif waren, nahmen alle an, dass das innere Tier seiner Schwester nicht stark genug gewesen war, um fünf Jahre lang zu kämpfen und größtenteils unversehrt herauszukommen.

Sein Drache rührte sich in seinem Kopf und wollte reden. Aber wenn er das tat, würden sich Ashers Pupillen in Schlitze verwandeln, und jedes Mal, wenn Aimee blitzende Drachenaugen sah, schrie sie und rannte in ihr Schlafzimmer.

Wie jedes Mal, wenn er seine Schwester sah, nahm Asher sich ein paar Sekunden Zeit, um seinen Zorn abzukühlen, ein Lächeln zu erzwingen und mit normaler Stimme zu sprechen, ohne Sorge oder andere negative Emotionen. „Hey, Aims. Schön zu sehen, dass du heute nicht in deinem Zimmer bist. Vielleicht kann ich mit dir durch den Clan spazieren, wenn das Wetter mitspielt." Seine Schwester schwieg weiter und starrte direkt hinter seine Schulter. Er tätschelte ihren Arm und fügte hinzu: „Ich weiß, dass es dir gefallen wird, besonders da der Himmel heute größtenteils blau ist."

Aus dem Augenwinkel sah er, wie seine Mutter die Augen schloss und tief durchatmete. Da sein Vater tot und seine Schwester versehrt war, hatte seine Mutter es nicht leicht.

Was umso mehr Motivation war, sein Bestes zu geben, um die Führung des Clans zu gewinnen. Er musste die Situation für seine Familie verbessern, ganz zu schweigen von all den anderen Familien, die von Marcus' Führung auseinandergerissen worden waren.

Er stand auf und half seiner Mum in der Küche. Er wetteiferte vielleicht um die mächtigste Position in Skyhunter, aber im Moment war es wichtiger, seiner Mutter zu helfen.

Honoria beendete ihr Interview schnell und verließ das Sicherheitsgebäude des Clans.

Die Fragen im Interview waren fast zu einfach gewesen. Trotzdem waren noch viele Phasen übrig, und sie hatte nicht vor, unvorsichtig zu werden und einen dummen Fehler zu machen.

Als sie jedoch auf der Hauptstraße zum Wohnbereich stand, derjenigen, die in drei Richtungen abzweigte, überlegte sie, doch einen winzigen zu machen.

Asher hatte im Haus seiner Mutter gewohnt und war zweifellos dorthin zurückgekehrt. Sie sollte ihn in Ruhe lassen und nach Hause gehen. Ihr Onkel –

ein ehemaliger Beschützer in den Tagen, bevor Marcus King Anführer war – hatte ihr beim Training geholfen. Stundenlange Übungen warteten auf sie.

Und doch brannte ihre Neugier, allein mit Asher zu reden, um zu sehen, wie er sich über die Jahre verändert hatte.

Bevor sie ihren idiotischen Fehler begreifen und sich ihn ausreden konnte, führten Honorias Füße sie die linke Gabelung im Weg hinunter, die zum Haus der Kings führte.

Ihr Drache meldete sich zu Wort. *Gut. Wenn du ihn nicht besuchen würdest, würdest du die ganze Zeit an ihn denken. Und das würde jedes Training, das wir machen, nutzlos machen.*

Ich könnte mich konzentrieren, wenn ich müsste.

Vielleicht, vielleicht auch nicht. Ich weiß, ich würde dich nerven, bis wir ihn endlich wiedersehen.

Honoria seufzte innerlich. *Ich werde nicht mit ihm schlafen, Drache. Also gib endlich auf.*

Ihr Tier schnaubte. *Warum nicht? Es wäre eine gute Möglichkeit, unsere Konkurrenz besser kennenzulernen.*

Richtig, ich bin sicher, das ist der Hauptgrund, sagte sie langsam.

Könnte sein. Ihr Drache hielt inne und fügte etwas leiser hinzu: *Außerdem wird es ihm helfen, sich mit seinem Drachen zu verbinden. Ich spüre, dass die Beziehung da ein bisschen angespannt ist. Sex würde sie zusammenbringen.*

Sie winkte jemandem zu, der vorbeiging, ignorierte dessen Überraschung – nur wenige wussten, dass Honoria zurückgekehrt war – und antwortete: *Wie kannst du das überhaupt wissen? Drachen können keine Gedanken lesen.*

Nein, aber ich weiß es einfach. Nenn es Drachen-intuition.

Sie erreichte das zweistöckige Cottage, in dem die Kings lebten. Es stand etwas abseits von den anderen Häusern in der Gegend. Da Asher damals im zentraleren Teil des Clans gelebt hatte, musste seine Familie irgendwann dorthin gezogen sein, nachdem sie gegangen war.

Eine Sekunde lang fragte sie sich, ob sie sich von den Anschuldigungen und Blicken des Clans hatten isolieren wollten. Schließlich dachte Honoria nicht, dass Shane der einzige Drachenwandler in Skyhunter war, der jemandem mit dem Nachnamen King die Schuld an dem gab, was geschehen war.

Ihr Tier meldete sich zu Wort. *Frag ihn, ob sie deswegen hier wohnen. So einfach ist das.*

Sie ignorierte ihren Drachen, hielt an der Tür an und klopfte. Wenig später füllte die fast ganz grauhaarige Gestalt von Lynne King, Ashers Mutter, die Tür. Sie lächelte Honoria sofort an. „Ria, ich habe gehört, dass du zurück bist, aber es ist schön, dich wiederzusehen!"

Erinnerungen daran, dass Lynne sie immer in ihrem Haus willkommen geheißen hatte, blitzten in Honorias Verstand auf. Ashers Mutter war eine Verbindung zu der Version ihrer selbst, die sich verändert hatte, als sie in Amerika angekommen war. „Hallo, Mrs. King. Ich wollte nur sehen, ob Asher hier ist."

„Das ist er." Sie zögerte und blickte über ihre Schulter und dann wieder zurück. „Aber ich bin mir nicht sicher, ob meine Tochter gerade mit einem Besucher umgehen kann. Würdest du hier eine Sekunde warten? Ich lasse Asher zur Tür kommen."

Sobald sie nickte, schloss Lynne die Tür. Auf die Worte der älteren Frau hin fragte sie sich, was mit Aimee geschehen war, zumal ihr noch niemand etwas über Ashers Schwester gesagt hatte.

Bevor sie zu viel darüber nachdenken konnte, ging die Tür auf. Asher sah sie stirnrunzelnd an. „Was machst du denn hier?"

Sie hob eine Braue. „Dir auch hallo."

Er verschränkte die Arme vor der Brust. Einer breiten, muskulösen Brust, die sich zu einem schlanken Paar Hüften verjüngte. Und sie hatte keinen Zweifel daran, dass darunter muskulöse Oberschenkel waren.

Asher King war gut gereift.

Ihr Drache summte, aber Honoria baute schnell ein temporäres Gefängnis für ihn, um ihr Tier für kurze Zeit vom Reden abzuhalten.

Asher grunzte. „Wir sind Rivalen, Ria. Du solltest nicht hier sein, und das weißt du."

„Entschuldige, dass ich vorbeischauen und Hallo sagen wollte. Du hast im Konferenzraum eine Menge kryptisches Zeug gesagt, und ich wollte Antworten."

„Wenigstens lügst du nicht und versuchst, mir zuerst schönzutun."

„Wann habe ich jemals bei irgendwem schöngetan?"

„Ich weiß nicht, aber du warst über ein Jahrzehnt in Amerika. Wer weiß, was du da aufgenommen hast."

Es lag ihr auf der Zungenspitze zu sagen, dass es in Amerika wie überall war; ein Clan bestand aus allen möglichen Leuten. Aber mit Asher zu streiten, würde nichts bewirken, und es war auch nicht wichtig, dass sie den Punkt gewann. „Ich wollte nur Hallo sagen und sicherstellen, dass alles in Ordnung ist, um der alten Zeiten willen. Ich bin nicht hier, um schmutzige Tricks anzuwenden, das versichere ich dir."

Ashers Mutter erschien hinter ihm. „Aimee ist für ein Nickerchen in ihr Zimmer gegangen, also willst du nicht reinkommen, Ria?"

„Mum, ich glaube nicht –"

Sie unterbrach ihren Sohn. „Ich möchte sie zu Besuch haben, auch wenn du es nicht tust. Und da du versprochen hast, mir bei ein paar Dingen in der Küche zu helfen, bedeutet das, dass du ihre Gesellschaft tolerieren musst."

Honoria musterte Lynne. Sie hoffte, dass die Frau nicht versuchen würde, sie zu verkuppeln. Schließlich war es mehr als fünfzehn Jahre her, seit sie und Asher gedatet hatten.

Ganz zu schweigen von dem kleinen Detail, dass beide um die Führungsposition des Clans kämpften.

Lynne schob Asher sanft zur Seite und sagte: „Komm, Ria. Ich habe ein paar frische Kekse, die gut zu ordentlichem Tee passen. Ich kann mir nur vorstellen, was für schreckliches Zeug du in Amerika getrunken hast."

Sie lächelte. „Ich gebe zu, dass ich den Tee vermisst habe. Meine entfernten Cousins haben keinen Sinn darin gesehen, ihn extra zu bestellen, da alle außer mir Kaffeetrinker waren."

Die ältere Drachenfrau nickte. „Gut, dann ist das abgemacht. Ich werde dir so viel Tee geben, wie du vertragen kannst."

Lynne drehte sich um und ging den Flur hinunter. Asher blockierte die Tür nicht, sondern blieb einfach seitlich stehen.

Honoria ging an ihm vorbei, nur ein paar Zentimeter waren zwischen seinem und ihrem Körper. Obwohl es unmöglich sein sollte, spürte sie die Wärme, die von seinem Körper ausstrahlte. Ganz zu schweigen davon, dass sie den scharfen männlichen Duft wahrnahm, der durch und durch Asher war.

Ihre Blicke trafen sich, und ihr Herz stolperte. Sie waren älter und anders, aber ihre Anziehungskraft zu Asher hatte sich nicht geändert. Und nach der Art, wie seine Pupillen zu Schlitzen und zurück blitzten, war auch er immer noch zu ihr hingezogen.

Er war der Erste, der den Blickkontakt unterbrach und einen Schritt zur Seite machte, um

Abstand zwischen ihnen zu schaffen. Honoria räusperte sich und ging den Flur hinunter zu dem, was, wie sie sehen konnte, die Küche war.

Es war eine gute Sache, dass ihr Drache sich derzeit in einem mentalen Gefängnis befand, denn sie konnte sich nur vorstellen, dass ihr Tier verlangen würde, einen privaten Ort zu finden und Asher zu reiten, als gäbe es kein Morgen.

Und nach dem Blick, den sie mit ihm geteilt hatte, könnte sie versucht sein, es einfach zu tun, ohne dass ihr Drache sie zu sehr drängen musste.

Nein. Sie konnte nicht zulassen, dass Anziehung ihre Träume oder ihren Entschluss entgleisen ließ. Sie mochte sich noch immer zu Asher hingezogen fühlen, aber sie würde sich zurückhalten.

Das musste sie. Sonst hätte sie nie die Chance, Skyhunter wieder aufzubauen und größer zu machen als je zuvor.

Asher sah Honorias große Gestalt den Flur hinuntergehen, während das Schaukeln ihrer Hüften das Tier in seinem Kopf brüllen ließ.

Sie will uns so sehr wie wir sie. Wir hatten noch nie die Chance, sie zu nehmen. Ich denke, wir sollten sie wenigstens einmal ficken.

Sein Drache hatte recht. Als Teenager hatten sie nie die Grenze zu Schwanz-in-Pussy-Sex überschritten. Und angesichts der Art, wie Honorias Hüften und Oberschenkel runder geworden waren, würde es ihm nichts ausmachen, wenn sie um seine Taille geschlungen wären.

Lachend sagte sein Tier: *Ich gebe dir weniger als eine Woche, bevor du sie nackt ausziehst und sie beanspruchst.*

Alarmglocken schrillten in seinem Kopf. *Sie ist nicht unsere wahre Gefährtin. Sag mir, dass sie es nicht ist!*

Nein, ich glaube nicht. Aber es wäre trotzdem nett, sie zu beanspruchen. Sie ist so groß wie wir. Es wäre schön, all diese weibliche Weichheit an uns geschmiegt zu haben.

Hör auf, Drache! Das wird nicht geschehen. Und nicht nur, weil sie eine Rivalin ist.

Also willst du sie ficken. Aber wenn du dir Sorgen um die Alpträume machst, die kommen ja nur noch selten.

Selten ist das Schlüsselwort. Nein, ich muss mich vor allem auf meine Heilung konzentrieren.

Sie kann helfen.

Wenn du sagst, dass ihre magische Pussy all unsere Probleme dahinschmelzen lässt, werfe ich dich im nächsten Atemzug in einen mentalen Käfig.

Sein Drache schnaubte. *Das würdest du nicht wagen.*

Ich möchte es nicht, aber ich werde.

Da Asher sein Tier nur als letzten Ausweg in Käfige sperrte – er versuchte, die Jahre, die sie zusammen verloren hatten, wieder aufzuholen –, grunzte sein Drache und gab nach. *Schön. Ich werde dich den Rest des Nachmittags nicht ärgern. Aber hab keine Angst. Das ist Ria, die Frau, die uns am besten kannte.*

Kannte ist richtig. Heutzutage ist keiner von uns mehr derselbe.

Seine Mutter rief seinen Namen, und Asher ging zur Küche. Als er hineinkam, bemerkte er, dass Honoria mit dem Rücken zu ihm saß. Ihr Haar war zu einem Zopf zusammengefasst, was die zarte Haut ihres Halses freilegte. Früher war sie dort kitzlig gewesen. Er fragte sich, ob sie es noch war. Er musste nur den Abstand zwischen ihnen schließen und seine Finger über ihre weiche Haut tanzen lassen.

Er verdrängte den Gedanken und stellte sich neben seine Mutter an den Herd. „Lass mich das machen, Mum. Setz dich und sprich mit Ria."

„Komm auch zu uns, Asher, sobald die Kekse fertig sind."

„Das werde ich."

Seine Mutter sah ihn skeptisch aus, aber er tat sein Bestes, um ernst auszusehen. Wenn die Kekse eine außerordentlich lange Zeit zum Abkühlen brauchten, wäre das ein seltsamer Zufall.

Feigling, knurrte sein Drache.

Seine Mutter setzte sich hin und fragte: „Was ist bei dir so passiert, Ria? Ich habe von deiner Tante gehört, dass du für ein schickes Projekt in den USA verantwortlich warst."

Aus dem Augenwinkel betrachtete er die beiden.

Honoria zuckte mit den Schultern. „Ich habe lediglich die Kommunikationssysteme zwischen dem amerikanischen Ministerium für Drachenangelegenheiten und mehreren Clans an der Westküste verbessert. Ich bin mir nicht sicher, warum sie die Technologie überhaupt erst so langsam angenommen haben – vor allem angesichts der Technikzentren an der Westküste –, aber der Versuch mit dem Clan WildCanyon lief einigermaßen gut. So sehr, dass dasselbe System in der gesamten westlichen Region eingeführt wurde."

Da Asher nicht gewusst hatte, dass Honoria einer der Kandidaten für den Clan sein würde, hatte er ihre öffentlichen Informationen nicht recherchiert und kannte nur die Klatschteile, die im Clan herumschwirrten. Bevor er sich aufhalten konnte, sagte er: „Das ist ziemlich beeindruckend."

Honoria sah ihm in die Augen, aber er konnte ihren Ausdruck nicht abschätzen. Das war ein guter Punkt zu ihren Gunsten für den Wettbewerb um die Führungsposition. „Das ist eines der vielen Dinge, die ich in Großbritannien versuchen möchte. Ich habe viel in meiner Zeit in Kalifornien gelernt. Wenn die Menschen aufhören, uns so sehr zu fürchten, meine ich, wir sollten einen Austausch zwischen den Clans versuchen. So wie es jetzt ist, sind die Drachenclans zu isoliert, selbst mit der ständig wachsenden Allianz zwischen Stonefire und Lochguard."

Asher bemerkte, dass sie „wenn" und nicht „falls" die Menschen aufhörten, Drachenwandler zu fürchten, gesagt hatte. Sie war noch optimistischer, als er es sich vorgestellt hatte. Besonders angesichts der Tatsache, dass vor nicht allzu langer Zeit mehr als ein Dutzend Leichen auf Skyhunters Land vergraben worden waren.

Natürlich waren die Dinge in Nordkalifornien vielleicht anders, und ihr Wunsch war nicht zu extrem für Clans ohne Skyhunters zwielichtige Vergangenheit.

Er hob eine Braue. „Ich bin überrascht, dass du mir von deinen Plänen und Ideen erzählst, angesichts der Tatsache, dass wir Rivalen sind."

Sie wandte den Blick nicht ab. „Ich denke, du bist ein ehrenwerter Mann und wirst sie nicht stehlen."

Als sie einander durch die Küche anstarrten, wollte Asher plötzlich mehr über Honoria erfahren. Sie war immer clever und abenteuerlustig gewesen, aber er spürte, dass sie diese Eigenschaften als Erwachsene in nützliche Fähigkeiten verwandelt hatte.

Dann erinnerte er sich an seine Geheimnisse und seine Hölle durch die Hände des ehemaligen Anführers. Asher wollte vielleicht mehr über Honoria wissen, aber sie würde sicherlich nicht alles über ihn wissen wollen. „Ich bin nicht derselbe Drachenmann, den du kanntest, bevor du gegangen bist, Ria. Das solltest du dir am besten merken."

Er drehte sich schnell um, um das Backblech

herauszuholen, stellte es ab, während er den Ofen ausschaltete, und marschierte aus der Küche.

Sein Drache verschwendete keine Zeit, sich zu äußern. *Das war die verdächtigste Art, den Raum zu verlassen. Jetzt wird Mum uns ewig nerven.*

Das ist mir egal. Ria muss sich daran erinnern, dass sich im Laufe der Jahre viel verändert hat. Wenn ich sie glauben lasse, dass ich der gleiche unbeschwerte Mann von vor über einem Jahrzehnt bin, wird es sie nur in die Irre führen. Selbst wenn sie eine Rivalin ist, will ich das nicht.

Sein Tier schwieg kurz, dann erwiderte es: *Wenn du sie also nicht ins Bett locken willst, können wir dann jetzt Flugübungen machen?*

Bei der Erwähnung des Fliegens entspannte sich Asher ein wenig. Sein Drache hatte zu viele Jahre ohne die Freiheit des Himmels verloren. *Natürlich.*

Auf dem Weg zum Hauptlandeplatz konzentrierte Asher sich darauf, seinen Drachen zufriedenzustellen. Die Stärkung ihrer Bindung würde ihnen beiden helfen.

Es war auch eine fantastische Ablenkung, da Bilder von Honorias klaren blauen Augen und goldenen blonden Haaren seinen Kopf füllten.

Und er durfte seinem inneren Drachen niemals sagen, dass er dachte, die Frau sei mit dem Alter nur noch schöner geworden. Denn wenn sein Tier es herausfand, könnte Asher irgendwann den Forderungen seines Drachen nachgeben und mit ihr schlafen.

Während er Folter ertragen konnte, die ihn an den Rand des Todes brachte, war es in bestimmten Punkten schwieriger, seinem Drachen etwas zu verweigern. Ganz oben auf der Liste stand Sex. Seinem Tier den Sex zu verweigern belastete sie beide, und Asher war seit seiner Inhaftierung nicht mehr mit einer Frau zusammen gewesen.

Was bedeutete, dass, wenn er eine Chance bei den Führungswettbewerben haben wollte, er eine willige Partnerin finden musste, um die Bedürfnisse seines Drachen zu befriedigen. Nur dann konnte er sich stärker auf sein ultimatives Ziel konzentrieren: zu gewinnen. Es gab jedoch eine Bedingung: Die Frau musste jemand anderes sein als Honoria Wakeham.

Kapitel Drei

O bwohl Honoria es genossen hatte, mit Ashers Mutter zusammenzusitzen und bei einer guten Tasse Tee zu plaudern, hatte ihr Besuch mehr Fragen als Antworten gebracht.

Sie fragte sich nämlich, wer Asher King im Laufe der Jahre geworden war.

Ihr Drache, jetzt wieder frei, meldete sich zu Wort. *Ich denke, wir sollten unter vier Augen mit ihm reden, wenn du die Wahrheit wissen willst. Denn natürlich wird er bei seiner Mutter verschwiegen sein, wenn es um seine jüngste Vergangenheit geht. Den Gerüchten zufolge wurde auch seine Schwester verletzt, und wer weiß, wie schwer. Über seine Erfahrung zu sprechen, würde die Traurigkeit seiner Mum nur noch verstärken.*

Sie überlegte noch, wie sie darauf reagieren sollte, als sie einen großen roten Drachen sah, der heruntertauchte und wieder hochzog, bevor er den Boden treffen konnte. Erst als er wieder nach oben flog, sah sie seine Front und keuchte.

Ein großes K war auf einer Seite seiner Brust eingebrannt.

Narben in der menschlichen Gestalt eines Drachenwandlers übersetzten sich in der Regel auch in seine Drachengestalt. Aber eine solche Narbe erzählte eine andere Geschichte, nämlich, dass jemand bestimmte Giftstoffe oder Schmutz in die Wunde gerieben hatte, um zu verhindern, dass sie heilte. Oder er war wirklich verbrannt worden. Und zwar sehr. Drachenwandler heilten schnell, aber nicht einmal der am schnellsten heilende Drachenmann oder die am schnellsten heilende Drachenfrau der Welt konnte schwere Verbrennungen reparieren.

Der rote Drache erreichte seine gewünschte Höhe und stürzte wieder Richtung Erde. Als er sich zur Seite beugte und in letzter Minute die Richtung wechselte, erkannte Honoria die Bewegung.

Asher hatte gern damit geprahlt, als sie jünger gewesen waren, um Wetten gegen die anderen männlichen Teenager zu gewinnen.

Honoria legte die Hand über den Mund, ihr Bauch verkrampfte sich. Eine solche Narbe und deren Geschichte waren für jeden schlecht, aber der Gedanke daran, dass jemand, den sie einst geliebt hatte, solche Qualen erlitten hatte, bereitete ihr Übelkeit.

Ihr Tier meldete sich zu Wort. *Wir sollten ihn finden und mit ihm reden.*

Worüber? Eine solche Erinnerung zu wecken, tut ihm nur weh. Nicht nur das, er wird denken, dass wir es absichtlich tun, um ihn aus dem Spiel zu bringen.

Hast du nicht bemerkt, wie angespannt die Flugmanöver waren und noch sind? Irgendwas stimmt nicht mit seinem Drachen.

Es könnte Asher sein.

Oder es könnten beide sein.

Sie zögerte. Der häufigste Grund für eine solche Belastung war mangelnder Sex oder Sorgen um einen Gefährten. Sie hatte von seiner Mutter erfahren, dass Asher keine Gefährtin hatte, also musste es Ersteres sein.

Ihr Drache summte. *Ja, und wir können dabei helfen.*

So sehr Honoria Ashers großen, muskulösen Körper bewunderte, hatte sie Angst, dass eine solche Intimität etwas aufwirbeln würde, das sie nicht brauchte. Oder wollte, nebenbei bemerkt.

Ihr Drache grunzte. *Allmählich klingst du schon wie ein Mensch. Drachenwandler brauchen Sex, Ende der Geschichte. Ich hätte nichts dagegen.*

Honoria wankte. Ihrer Meinung nach waren sie und Asher die besten Kandidaten aus der Gruppe, die sich um die Führungsrolle bewarben. Alles, was sie tun könnte, um sicherzustellen, dass sie nach besten Kräften funktionierten, wäre zum Wohl des Clans.

Ihr Drache nickte und antwortete: *Genau.*

Mist, sie hatte ihre privaten Gedanken projiziert. *Ich werde es klar sagen – einmal, und das war's. Danach hörst du auf, mich wegen Sex zu belästigen, bis die Clanführerwettkämpfe beendet sind, und dann arbeitest du daran, deine ganze Energie auf den Sieg zu konzentrieren.*

Das wird schwierig werden. Ich vermute, Asher wird im Bett intensiv und dominierend sein. Ich werde mehr als einmal wollen.

Das Bild von Asher über ihr, wie er ihre Hände über ihrem Kopf hält, während er sie zwischen den Beinen neckte, blitzte in ihr auf.

Es war viel zu lange her, dass sie einen Mann gehabt hatte, der dieselbe Dominanz hatte wie sie – oder mehr.

Ihr Drache lachte leise. *Du magst dieses Bild.*

Nicht einmal Honoria konnte die plötzliche Nässe zwischen ihren Oberschenkeln leugnen. *Ich erlaube mehrmals während der gleichen Begegnung, aber nicht mehr. Skyhunter zu gewinnen und zu heilen ist zu wichtig, um mich von einem Mann ablenken zu lassen.*

Ihr Tier seufzte. *Schön. Aber beeil dich. Wegen deiner schmutzigen Visionen muss ich mir jetzt vorstellen, dass Asher uns von hinten nimmt, uns seinen Namen stöhnen und seinen Schwanz melken lässt, wenn wir kommen.*

Das Bild war klar wie der Tag in ihrem Kopf, bis dahin, dass Asher ihr ein- oder zweimal auf den Po schlug, während er murmelte, was er als Nächstes tun würde. *Hör auf, dieses Bild in meinen Kopf zu projizieren.*

Hab' ich nicht. Das machst du ganz allein.

Fluchend bewegte sich Honoria schneller und machte sich auf den Weg zum Hauptlandeplatz. *Sei einfach vorbereitet, denn er könnte Nein sagen.*

Nicht, wenn du ihn zuerst küsst.

So ein schlauer Drache.

Nicht mehr als jeder andere.

Da Honoria nicht darüber diskutieren wollte, ignorierte sie ihr Tier und joggte zur Landezone, bevor sie ihre Meinung ändern konnte. Sex *würde* schließlich helfen. Sie musste es nur klug angehen.

Ashers Atem kam angestrengt, als er in seiner Drachengestalt seine Hinterbeine auf festen Boden aufsetzte. Obwohl er lernte, sich wegen der Brandmarke auf einer Seite seiner Brust weniger zu schämen, zog er es vor, sie zu bedecken, und begann zu wandeln, um sich schnell anziehen zu können.

Er stellte sich vor, dass die Flügel in seinen Rücken schmolzen, der Schwanz sich in seinen Körper zurückzog und die Schnauze zu einer Nase schrumpfte, und stand bald in seiner nackten menschlichen Gestalt da.

Es gab ein paar Leute, die kamen und gingen, und einige flüsterten. Ob wegen seiner Blutlinie oder seiner Markierung, er wusste es nicht, da er regelmäßig beides hörte. Er erreichte die Seite des Landeplatzes, wo kleine Kabinen aus dem Felsen gehauen waren, und nahm sein T-Shirt heraus. Asher hatte es kaum heruntergezogen, als eine vertraute weibliche Stimme von hinten kam. „Du hast deine einst leichtsinnigen Übungen zu einer Kunstform ausgearbeitet."

Honoria hatte ihn gefunden.

Sein Drache meldete sich zu Wort. *Vielleicht will sie, was ich will, also mach dir nicht die Mühe, deine Boxershorts anzuziehen.*

Asher tat genau das. Nacktheit war Teil des Drachenwandlerlebens, aber es war nicht irgendein Drachenwandler hinter ihm. Das Letzte, was er brauchte, war, dass sein Schwanz auf Halb- oder Vollmast ging und die verdammte Frau erfuhr, wie sehr er sich noch zu ihr hingezogen fühlte.

Darauf bedacht, seinen Ausdruck neutral zu halten, drehte sich Asher um. Honoria war nur wenige Zentimeter entfernt, und als der Wind wehte, drang ihr köstlicher weiblicher Duft in seine Sinne ein.

Sein Schwanz erwachte zuckend zum Leben. Ja, es war gut, dass er wenigstens ein wenig Schutz hatte. Er müsste nur dafür sorgen, dass sein Schwanz sich nicht ganz aufrichtete, um Hallo zu sagen.

Er ignorierte das Kichern seines Drachen und antwortete: „Wenn wir einen anderen Anführer gehabt hätten und nicht diesen Bastard, wäre ich

Beschützer geworden. Da ich mich nicht dazu bringen konnte, Marcus zu unterstützen, habe ich den jungen Drachenwandlern stattdessen beigebracht, wie man richtig fliegt."

„Selbst die Bewegungen, die du gerade gemacht hast?"

Er nickte. „Ich glaube daran, ein Kind oder einen Teenager vollständig vorzubereiten. Eine Meuterei hatte sich, kurz bevor ich inhaftiert wurde, zusammengebraut. Ich wollte sicherstellen, dass die Kinder entkommen konnten, wenn sie gejagt wurden, in der Hoffnung, dass sie in Sicherheit gelangen."

Sie musterte sein Gesicht. „Ich hätte mir dich nie als Lehrer vorgestellt."

Er zuckte die Schultern. „Nun, genau wie du, habe ich wohl einen positiveren Weg gefunden, um meine abenteuerlichen und manchmal sogar leichtsinnigen Ideen zu kanalisieren."

Honoria bog eine goldene Augenbraue. „Ich war nicht leichtsinnig."

Seine Mundwinkel zogen sich hoch, und Asher blinzelte fast. Es war lange her, dass er mit jemandem außerhalb seiner unmittelbaren Familie gelächelt hatte.

Er wurde ernst und sagte: „Ich erinnere mich an eine Frau, die geplant hat, für ein Wochenende über den Kanal nach Frankreich zu fliegen, ohne irgendeine Zustimmung des MDA von einem der beiden Ländern."

Sie schüttelte den Kopf. „Ich habe das nicht aus

dem Nichts geplant. Ich habe das erst vorgeschlagen, nachdem wir die französischen Drachenwandler an der Küste in Dover getroffen hatten, die das zuerst gemacht hatten und ziemlich selbstgefällig deswegen waren. Außerdem hast du mir geholfen, herauszufinden, wie man es durchziehen kann. Wenn meine Eltern mich nicht zwei Wochen vor unserem geplanten Termin weggeschickt hätten, hätten wir es auch versucht."

Im Laufe der Jahre hatte Asher andere Dinge zu bedenken und sich darüber Sorgen zu machen gehabt, als das Verschwinden seiner Teenager-Freundin. Aber im Landebereich, weniger als einen halben Meter von Honoria entfernt, mit dem Wind, der ihm ihren Duft sandte, stürmte die Erinnerung daran zurück, wie er erfahren hatte, dass Honoria fortgeschickt worden war. Bevor er es sich anders überlegen konnte, platzte er heraus: „Wir alle haben eine Woche lang nicht erfahren, dass du weg warst. Erst nachdem ich einen halben Tag an unserem üblichen Ort gewartet hatte, ohne von dir gehört zu haben, dachte ich, dass da was nicht stimmt."

Asher hielt inne und erinnerte sich an die Furcht in seinem Bauch damals. Selbst wenn er ein übermütiger Teenager gewesen war, der nur glaubte, dass er die Liebe verstehe, hatte er sich Sorgen um Honoria gemacht. Und dass sie nicht zu ihrem Treffen erschien, war ungefähr zur gleichen Zeit gewesen, als Marcus begann, seine Politik der Angst anstatt Diplomatie einzusetzen.

Es waren lange Stunden gewesen, in denen er sich ausgemalt hatte, was mit seiner Freundin passiert war.

Er fuhr fort: „Also bin ich zu dir nach Hause gegangen, nur um dort zwei Beschützer vorzufinden, die gerade deine Eltern mitnahmen. Deine Mutter sah mich. Sie hatte Tränen in den Augen und schaffte es kaum zu sagen: „Sag Honoria, dass wir sie lieben", bevor der Beschützer ihr den Mund zuhielt und sie wegfuhr."

Honorias Augen sahen verdächtig feucht aus. „Das hat sie gesagt?"

Er nickte. „Ja."

Sie wussten beide, was als Nächstes gekommen war. Marcus hatte nicht gewollt, dass noch jemand den Clan verließ, also hatte er ein Exempel an Honorias Eltern statuiert. Zuerst waren sie inhaftiert worden. Aber Jahre später, als mehr Leute versuchten, ihre Kinder wegzuschicken, wurden sie hingerichtet.

Das war der Funke, der Asher dazu gebracht hatte, sich der geheimen Fraktion anzuschließen, die Marcus King stürzen wollte.

Honorias Stimme war leise, als sie sagte: „Danke, dass du mir das erzählt hast. Ich gebe mir immer noch zumindest eine Teilschuld daran, weil ich nicht darauf bestanden habe, zu bleiben."

Die starke, neckende Frau von vorhin war verschwunden. Sein Drache meldete sich zu Wort.

Sie ist nicht anders als wir. Wir haben beide eine Vergangenheit.

Asher überlegte, was zu tun war. Er bezirzte keine Frauen mehr und hatte Angst, sie mit einer Berührung zu trösten. Selbst etwas so Einfaches wie eine Umarmung könnte zu viel für ihn sein.

Denn so sehr er sich vielleicht dagegen wehren wollte, Asher wollte Honoria noch einmal in den Armen halten. Er hätte lügen und sagen können, dass er nur dieses Kapitel seines Lebens abschließen wollte. Aber er wollte sie festhalten und sehen, ob die Welt sich einfach richtig anfühlte, mit ihrer Hitze gegen ihn, wie sie es in der Vergangenheit getan hatte.

Und wenn es so wäre, würde das alles verkomplizieren.

Nachdem sie ihre Augen abgewischt hatte, lächelte Honoria schwach. „Da bin ich kurz davor zu weinen, was eines der unsexysten Dinge der Welt ist."

„Warum ist es wichtig, sexy zu sein? Du bist natürlich sexy. Aber es sollte keine Rolle spielen."

Fuck! Das hätte er definitiv nicht sagen sollen.

Er erwartete ein Lächeln oder sogar ein kleines Lachen. Was er nicht erwartet hatte, war, dass Honorias Pupillen zu Schlitzen und zurück blitzten, gefolgt von Rosa, das sich über ihre Wangen breitete.

Sein Tier meldete sich zu Wort. *Ich möchte wissen, warum sie rot wird. Vielleicht ist es unseretwegen.*

Ich bezweifle, dass es unseretwegen ist. Wir haben gerade den Tod ihrer Eltern angesprochen.

Honorias Stimme verhinderte jegliche Antwort in seinem Kopf. „Du hältst mich also immer noch für sexy. Gut, dann ist es nicht einseitig und wird mein Angebot vernünftig erscheinen lassen."

Er runzelte die Stirn. „Wovon zum Teufel sprichst du?"

„Wann hattest du das letzte Mal Sex, Ash?"

Sein Drache knurrte. *Vor fast sechs verdammten Jahren!*

Asher trat einen Schritt zurück. „Was spielt das für eine Rolle?"

„Wirst du wirklich dieses Spiel spielen? Du und ich sind die stärksten und vielseitigsten Kandidaten für die Führungsposition."

„Schon, aber –"

„Aber es ist sinnvoll, alles zu tun, dass sich das nicht ändert und wir im Rennen bleiben." Sie trat einen Schritt näher, und Asher zog sich nicht zurück. Er hatte kaum erkannt, wie schön es war, nicht auf eine Frau hinabschauen zu müssen, um ihrem Blick zu begegnen, als Honoria weiter sagte: „Du brauchst Sex und ich auch. Ich schlage vor, dass wir uns gegenseitig nutzen, um unsere Chancen bei den Prüfungen zu verbessern."

Er blinzelte. „Was?"

„Das wird dafür sorgen, dass unsere Drachen sich benehmen. Nur einmal, und dann geht jeder

seiner Wege und gibt sein Bestes, um den Spitzen-
platz zu gewinnen."

Sein Tier summte. *Ja, ja, sag ihr Ja!*

Eine Sekunde lang flammte Panik auf. Er würde
nichts mehr lieben, als zwischen Honorias Schenkel
zu gleiten und sie um den Verstand zu ficken. Er war
sich jedoch nicht sicher, ob einmal genug wäre.
Selbst jetzt, da er so nah bei ihr stand und die Hitze
ihres Körpers fühlte, wollte er die Hand ausstrecken
und sie an sich ziehen.

Als Teenager hatte er nie mit ihr geschlafen. Was
wäre, wenn es Gefühle zurückbrächte, die er nicht
wollte und die ihn die Clanführung kosten könnten?

Sein Drache grunzte. *Wenn wir sie nicht ficken,
wird das eher eine Ablenkung sein. Es ist nicht so, als
wäre sie unsere wahre Gefährtin.*

Als er noch darüber nachdachte, wie er darauf
reagieren sollte, kam Honoria einen Schritt näher
und legte eine Hand an seine Wange. Die Berührung
schickte einen Hitzeschwall durch seinen Körper,
direkt zu seinem Schwanz. Als sie seine Haut sanft
streichelte, konnte er kaum widerstehen, zu seufzen
und sich in die Berührung zu lehnen.

Eine Berührung, die seine Seele zu beruhigen
schien.

Bevor er noch darüber nachdenken konnte,
warum er das nicht tun sollte, schlang Asher einen
Arm um ihre Taille, zog sie an seinen Körper und
küsste sie.

Honoria hatte den Mut aufgebracht, Asher zu küssen, als er sie überraschte. In der Sekunde, in der ihr Körper gegen seinen gedrückt war, gaben ihre Knie nach, und sie musste sich zur Unterstützung gegen ihn lehnen. Und das war gut, denn im nächsten Moment presste er seine Lippen auf ihre.

Ein lange verborgenes Verlangen schoss angesichts der Berührung in den Vordergrund, ihre Nerven waren sich jedes Zentimeters von ihm an ihr bewusst. Sie öffnete den Mund, und Asher stieß seine Zunge hinein, liebkoste und streichelte sie atemlos.

Verdammt, er schmeckte gut. Vielleicht sogar besser, als sie es in Erinnerung gehabt hatte.

Auch wenn es nicht das hämmernde Bedürfnis nach einem Gefährtenrausch war, wollte Honoria doch jeden Zentimeter seines Körpers küssen. Sie gab sich damit zufrieden, seine Haut zu berühren, schob eine Hand unter sein Hemd und grub ihre Nägel hinein. Asher knurrte angesichts der Berührung, und er bewegte eine seiner Hände auf ihren Po. Er wiegte sie gegen seinen harten Schwanz, und sie stöhnte.

Sie brauchte ihn in sich, und zwar schnell. Er hätte ihr die Klamotten vom Leib reißen und sie gleich hier nehmen können, im Freien, und es wäre ihr egal gewesen.

Asher unterbrach den Kuss, er atmete schwer und keuchte: „Komm!"

Als er sie mit sich zog, lächelte sie. „Kein abenteuerlicher Sex heute, schätze ich."

Er machte nicht langsamer. „Ich will der Einzige sein, der deinen nackten Körper sieht, wenn du kommst."

Hitze flutete ihren Körper. „Ich hoffe nicht im Haus deiner Mutter."

„Nein." Er sah ihr in die Augen. „Ein Ort, an dem du meinen Namen schreien kannst, und niemand wird uns stören. Bei mir."

Sie runzelte die Stirn, dankbar für ihre langen Beine, die mit Ashers Beinahe-Lauf mithalten konnten. „Du hast ein Haus?"

„Ja."

Sie spürte, dass das die einzige Antwort war, die sie zu diesem Thema bekommen würde.

Ihr Drache meldete sich zu Wort. *Das spielt keine Rolle. Er will uns vielleicht für sich haben, aber so haben wir ihn auch mehr für uns.*

Sie erreichten die Tür eines kleinen Ziegel-Cottage, eines in einem anderen Teil des Clans als das seiner Mutter. Asher schloss die Tür auf, zog sie hinein und stieß die Tür zu. Sie hatte kaum einen Blick auf den spärlich eingerichteten Raum geworfen, bevor er sie gegen die Tür drängte und seine Hände neben ihren Kopf legte. Sein heißer Atem tanzte über ihre Lippen, ein Flüstern dessen, was sie wollte. „Sag mir, dass du verhütest."

Da Drachenwandler keine Geschlechtskrankheiten bekommen konnten, würde er sie ohne Kondom ficken. Der Gedanke ließ ihre Pussy pulsieren, also verbarg sie die Wahrheit nicht und nickte.

Er knurrte: „Gut."

Asher küsste sie und hob ihr Bein. Er zögerte nicht und schob eine Hand zwischen ihre Oberschenkel, um sie durch ihre Hose zu massieren. Sie stöhnte, als seine Finger gegen ihre Klitoris drückten.

Aber sie wollte mehr als nur einen Orgasmus durch seine Finger. Also unterbrach Honoria den Kuss, grub ihre Nägel in seine Brust und stieß ihn zurück. „Kein Vorspiel. Ich will dich in mir. Jetzt."

Ihr Drache summte. *Ja, ja, er sollte uns hart und grob ficken.*

Asher legte seine Hände über ihre, bevor er ihre beiden Handgelenke packte. Er manövrierte ihre Hände hinter sie. „Wie ich es will?"

Sie wusste, dass ihre Pupillen zwischen rund und geschlitzt blitzten, und ihre Stimme war rau, als sie antwortete: „Ja. Mach einfach schnell und fick mich, Asher. Es ist auch für mich viel zu lang her."

Im Handumdrehen bewegte sich Asher hinter sie und zog sanft an ihren Armen. Ihr Drache summte über die Dominanz. *Er ist kein Schwacher, der sich vor uns verkriecht. Nach dem ersten Orgasmus halte ich mich nicht zurück.*

Er hielt ihre Handgelenke mit einer Hand fest und zerriss ihre Hose, bis sie zu Boden fiel. Auch ihr Unterhöschen war dabei zerfetzt worden.

Er schob seine Hand zwischen ihre Beine und rieb ihre Pussy. Sie hielt den Atem an, als seine rauen Finger auf ihre geschwollene Scham trafen. Er stöhnte: „Das ist kein Vorspiel. Aber jeder Mann, der nicht dafür sorgt, dass seine Frau feucht und bereit ist, verdient keinen Schwanz."

Irgendwo im Nebel der Lust begriff sie, dass Asher immer noch ein ehrenwerter Mann war. Das hatte sich nicht geändert.

Er zog seine Finger zurück, drängte sie nach vorn zu einem kleinen Sofa und stieß sei über die Rückenlehne. „Wenn es zu viel ist, sagst du *Bonanza*. Verstanden?"

Honoria kreiste mit den Hüften und spreizte ihre Beine. Mit seiner Hitze hinter sich und dem Bewusstsein, dass er keine Scheu hatte, die Kontrolle zu übernehmen, brauchte sie seinen harten Schwanz. „*Bonanza*, verstanden. Und jetzt fick mich!"

Asher positionierte seinen Schwanz an ihrem Eingang und drang einen Zentimeter in sie ein. Einen verdammten Zentimeter!

„Verdammt, Asher. Fick mich endlich!"

Sie hörte ihn leise lachen, aber er stieß mit einer schnellen Bewegung in sie hinein, und sie wand sich. „Asher."

Er blieb für ein paar Sekunden so, tief in ihr, hielt ihre Arme fest. Sie sollte frustriert sein, aber mehr Nässe stürzte zwischen ihre Oberschenkel, in Erwartung dessen, was er als Nächstes tun würde.

So war es also, von einem dominanten Mann genommen zu werden.

Ihr Tier knurrte. *Ich bin genauso dominant. Die nächste Runde gehört mir.*

Asher bewegte seine Hüften, sein langer, harter Schwanz traf genau die richtige Stelle. Sogar das Sofa unter ihr bewegte sich durch die Kraft seiner Stöße.

Der Drachenmann hinter ihr schob einen Arm um sie und rieb ihre Klitoris. Ein paar weitere harte Stöße, und Honoria war kurz davor, zu kommen.

Lichter tanzten vor ihren Augen, als die Welt auseinanderbrach. Lust explodierte in ihrem Körper, sowohl der Mensch als auch der Drache schrien vor Ekstase. Sie war sich vage bewusst, dass Asher inne-hielt und grunzte, als er seinen eigenen Orgasmus erlebte.

Ihr schwerer Atem erfüllte die Luft, und Honoria kehrte langsam auf die Erde zurück. Ihr Drache meldete sich zu Wort. *Niemand sonst ist jemals auch nur nahe an das rangekommen. Ich will ihn gleich nochmal.*

Asher zog sie sanft hoch und küsste die Seite ihres Halses. Langsam riss er ihr das Oberteil herun-ter. Ihr BH folgte schnell. Dann nahm er einen ihrer harten Nippel zwischen Daumen und Zeigefinger, rollte und zupfte daran, und sie wollte ihn wieder.

Ihr Drache knurrte. *Ja, ja, nochmal. Aber diesmal bin ich dran.*

Als ihr Tier die Kontrolle über ihren Verstand

übernahm, befreite sie ihre Arme, schlug Ashers Hand weg und drehte sich um. „Jetzt werde ich dich beanspruchen."

Ihr Tier stürzte sich auf Asher und warf ihn zu Boden. Einer ihrer Fingernägel verwandelte sich in eine Kralle, und sie presste sie ihm an seine Kehle. Sie nahm seinen Schwanz in die andere Hand und massierte ihn. „Hattest du schon einmal eine dominante Frau?"

Seine Pupillen waren Schlitze. „Nein."

Sie lächelte langsam. „Gut. Dann sollte das Spaß machen."

Ihr Drache senkte ihren Körper auf seinen Schwanz und spannte ihre inneren Muskeln an. Asher stöhnte und bog den Kopf zurück. Ihr Tier presste die Kralle tiefer in seinen Hals. „Sieh mich an!" Asher gehorchte. „Und hör nicht auf!"

Ihr Drache bewegte die Hüften und ritt Asher hart. Sein Blick schwankte nicht, auch nicht, als sie kurz darauf beide kamen.

Und selbst da reichte es weder Frau noch Tier. Es war auch nicht nur großartiger Sex. Asher hatte etwas an sich, das eine unglaubliche Wirkung auf sie hatte, bis zu dem Punkt, an dem die Alarmglocken schrillen sollten.

Doch als er sie ein weiteres Mal nahm, vergaß Honoria alles außer dem Mann in sich.

Stunden später lag Asher auf dem Rücken auf dem Boden, Honoria ein paar Zentimeter von ihm entfernt. Beide hatten einander abwechselnd dominiert, bis die Erschöpfung sie dazu gebracht hatte, wie Baumstämme auf dem Boden zu liegen.

Asher hatte nie gedacht, dass es so sexy sein könnte, die Kontrolle abzugeben, wie es bei Honoria gewesen war.

Sein Drache schnaubte. *Das ist nur mit der richtigen Frau so.*

Mit anderen Worten, mit einer, die uns manchmal auch sie dominieren lässt.

Genau. Es steht zwei zu zwei, was bedeutet, dass wir einen Rückkampf planen müssen.

Nein, Drache. Das hier ist eine einmalige Sache. Wir sollten beide jetzt besonnen sein und uns auf die Clanführerwettkämpfe konzentrieren.

Wenn die Wettkämpfe nicht wären, würdest du sie wieder wollen, nicht wahr?

Asher drehte den Kopf ein Stück und starrte Honorias Profil an. Obwohl er sich nie an ihren kleinen Brüsten oder langen Beinen sattsehen konnte, war es ihr Gesicht, das ihn am meisten fesselte. Wie er hatte sie einen leichten Schweißglanz auf der Stirn. An ihrem Hals waren ein paar kleine Bissen, die anfingen, zu Blutergüssen zu werden. Und ihr schönes Haar war zerzaust, aber er wusste, dass es immer noch weich war und schwach nach irgendeiner Art von Obst roch.

Er hatte sie einst die schönste Frau der Welt genannt. Das hatte sich nicht geändert.

Honoria drehte ihren Kopf und sah ihm in die Augen. Ein kleines Lächeln spielte auf ihren Lippen, als sie sagte: „Ich bin fast froh, dass wir das nicht mit sechzehn gemacht haben. Denn ich argwöhne, dass dein Teenager-Drache nicht zugelassen hätte, dass meiner einen Teil der Zeit die Kontrolle übernimmt."

„Vielleicht nicht."

Sie schnaubte. „Das ist der Drachenmann-Ausdruck für Nie."

Er lächelte. Honoria hatte so eine Art, ihn dazu zu bringen. „Teenager-Drachenwandler sind die Hälfte der Zeit Narren. Wer Zeit damit verbringt, sie zu unterrichten, lernt das sehr früh."

Sie sah ihm in die Augen. „Hast du unterrichtet, seit du entlassen wurdest?"

Er wandte den Blick ab. Sein Tier knurrte, *Feigling!*

Asher ignorierte seinen Drachen und flüsterte: „Ein wenig."

Ihre Hand fand seine und drückte sie. Rational gesehen sollte er die Hand wegziehen und Abstand zwischen ihnen halten. Sex war eine Sache, aber mehr von sich zu teilen, konnte später nur zu Ärger führen.

Und doch drückte auch er ihre Finger. Mit ihrer warmen Hand in seiner schien die übliche Furcht, die kam, wenn er über seine Vergangenheit sprach, gebändigt zu werden.

Sein Drache grunzte. *Sprich mit ihr.*

Warum? Sie gehört nicht uns und wird es auch nie.

Sie könnte es aber.

Asher ließ nicht zu, dass er an Honoria jede Nacht in seinem Bett dachte, an sich gezogen, und konzentrierte sich auf Skyhunter. Jeder gute Clanführer würde dasselbe tun. „Das Unterrichten war großartig, aber den Clan wieder ins Licht zu führen und das Vertrauen von Stonefire und den anderen Clans zu gewinnen, wird noch lohnender sein." Wieder sah er in ihre schönen blauen Augen. „Ich habe die letzten sechs Monate damit verbracht, meine Dämonen zu zähmen."

„Und hattest du Erfolg?"

Er sollte Ja schreien und damit fertig sein. Doch die Worte sprudelten von seinen Lippen: „Größtenteils. Genug, um vom Berater zumindest für gesund und stabil erklärt zu werden."

Er hielt inne und überlegte, ob er mehr sagen sollte. Dann packte Honoria seine Hand noch fester, und er konnte der beruhigenden Geste nicht widerstehen. Wenn es um die Frau neben ihm ging, hatte Asher eine deutliche Schwäche. Er fügte hinzu: „Aber im Gegensatz zu den meisten anderen Anführern plane ich, eine bessere Struktur um den Clanführer zu schaffen, um sicherzustellen, dass nichts wie Marcus' Terrorherrschaft jemals wieder geschieht. Ich hätte das Sagen, ja. Aber ich hätte auch andere, die mit mir an verschiedenen Aufgaben und Spezialgebieten arbeiten, um die Last besser zu verteilen."

Honorias Augen weiteten sich, und ihre Lippen teilten sich. „Das hat mich gerade auf eine Idee gebracht."

„Und die wäre?"

Sie biss sich auf die Unterlippe, und Asher widerstand nur irgendwie dem Drang, sich hinüberzubeugen und sie erneut zu küssen. Stattdessen konzentrierte er sich auf ihre Antwort, als sie sagte: „Sie wird dir nicht gefallen."

Er hob eine Braue. „Und du denkst, mir das zu sagen, würde mich dazu bringen, mit den Achseln zu zucken und es auf sich beruhen zu lassen?"

Sie lächelte, und Belustigung tanzte in ihren Augen. Honoria hatte so schöne blaue Augen. Welche, in denen Asher sich verlieren könnte, wenn er nicht vorsichtig wäre.

Sein Drache schnaubte. *Hör auf, poetisch zu sein und fick sie nochmal!*

Honoria sprach, bevor er seinem Drachen antworten konnte. „Nun, Großbritannien und Irland haben in den letzten Jahren Grenzen überschritten und neue Dinge in ihren Clans ausprobiert, richtig?" Er nickte, und sie fuhr fort: „Was würdest du dazu sagen, eine Grenze noch weiter zu dehnen?"

Er runzelte die Stirn. „Du bist kryptisch. Spuck's einfach aus, Ria."

Sie ließ seine Hand los, setzte sich auf und bedeutete ihm, dasselbe zu tun. Sobald er aufrecht war, war es schwieriger, seine Augen auf ihr Gesicht zu halten. Aber irgendwie schaffte er es, als sie sagte: „Was wäre, wenn Skyhunter *zwei* Clanführer hätte, die zusammenarbeiten? Wie Co-Anführer, könnte man sagen. Schließlich kennst du Skyhunter besser als jeder andere, und ich habe Wissen aus meiner Zeit in Amerika über einige der modernsten Praktiken zwischen Drachen und menschlicher Aufsicht. Wenn wir diese Dinge und unsere anderen zahlreichen Stärken kombinieren, könnten wir Skyhunter wieder respektabel machen, und diesmal nicht durch Angst."

Er blinzelte. „Zwei Clanführer? Ist das jemals gemacht worden?"

Sie zuckte mit einer Schulter. „Ich habe keine Ahnung, aber spielt das eine Rolle? Ich weiß, es wird schwer sein, nicht nur das MDA davon zu überzeugen, dass es funktionieren könnte, sondern auch die anderen vier Drachen-Clanführer Großbritanniens. Aber ich denke, wir könnten so viel zusammen erreichen, Ash. Mehr als jeder von uns es allein könnte."

Er starrte Honoria an. Die Idee war nicht schlecht, aber sie warf auch andere wichtige Fragen auf.

Sein Tier meldete sich zu Wort. *Also bist du demgegenüber offen?*

Sie hat da einen guten Punkt.

Und es hat nichts damit zu tun, dann jeden Tag ihre funkelnden Augen sehen zu können?

Asher grunzte innerlich. *Das wäre ein Bonus, aber das ist nicht der Hauptgrund.*

Doch als er Honorias Blick betrachtete, fragte er sich, ob er wirklich wusste, was sie da vorschlug. „Das ist eine gute Idee." Sie öffnete den Mund, aber er hob eine Hand, um sie aufzuhalten, und fuhr fort: „Aber ich habe nicht zugestimmt. Alle werden reden, Ria. Sie werden denken, dass wir zusammen sind, und viele von ihnen werden immer noch denken, dass der Mann des Paares letztendlich das Sagen hat. Könntest du damit umgehen?"

Sie setzte sich höher auf. „Sie mögen das am Anfang annehmen, aber mit der Zeit werden sie feststellen, dass bestimmte Bereiche meine Zuständigkeit sind, andere aber deine."

Das kühne Mädchen aus seiner Jugend hatte sich zu einer selbstbewussten Frau entwickelt, die er auf seinen Schoß ziehen und wieder beanspruchen wollte.

Sein Tier schnaubte. *Wenn du über eine platonische Beziehung nachdenkst, glaube ich nicht, dass das von Dauer sein wird.*

Es wird halten, weil es das muss.

Wollen wir wetten?

Nein.

Nur weil du weißt, dass du verlieren wirst.

„Ash? Ist dein Drache gegen die Idee?"

Er schüttelte den Kopf. „Nein, er ist nur ein selbstgefälliger Schmerz an meinem Arsch, das ist alles."

Sie grinste. „Also mit anderen Worten, einfach ein männlicher Drache?"

Sein Tier kicherte in seinem Kopf, aber Asher ignorierte es. „Er ist der einzige Drache, den ich habe, also weiß ich es nicht."

Sie begegnete seinem Blick und beugte sich vor. „Und? Was meinst du?"

Es gab eine Million Gründe, warum er Honorias Idee zurückweisen und die Position des Clanführers allein gewinnen sollte.

Und doch war die Vorstellung zu unwiderstehlich, Honoria immer in der Nähe zu haben, stets bereit, die Verantwortung zu übernehmen, wenn etwas bei ihm einen Flashback zu seiner Folter auslöste. Vor allem, weil sie es schwer hätte, die älteren Clan-Mitglieder allein für sich zu gewinnen. Nicht jeder war so offen für einen weiblichen Anführer wie Clan Glenlough in Irland.

Sein Tier grunzte. *Honoria ist vollkommen fähig und geschickt.*

Das leugne ich nicht. Aber unsere Sturheit wird nicht sofort die Meinung aller ändern.

Schließlich beantwortete er Honorias Frage: „Ich stehe dem offen gegenüber." Sie quietschte vor Freude, doch er fuhr fort. „Aber letztendlich liegt es nicht an mir, Ria. Wir müssen das MDA davon überzeugen, es zuzulassen, was nicht einfach sein wird."

Sie packte seine Hand, ihre warme Haut gegen seine, sodass er sie wieder küssen wollte. „Keine Sorge, wir können das tun. Ich weiß, dass wir das können, Ash. Wir müssen so schnell wie möglich ein privates Treffen mit dem MDA-Menschen vereinbaren. Wo ist mein Handy?"

Er zog sie schließlich näher und rutschte sie auf seinem Schoß zurecht. „Du kannst sie anrufen, nachdem wir unser Tie-Breaking-Match hatten."

„Ash, wir sollten keine Zeit verschwenden."

Seine Hand bewegte sich zwischen ihre Oberschenkel, und er streichelte ihre Scham. Er stöhnte darüber, wie feucht sie noch war. „Gib dich mir sofort hin, und es wird nicht lange dauern."

Ihre Pupillen blitzten zu Schlitzen und zurück. Anstatt zu sprechen, schob sie ihn zurück und erhob sich auf die Knie, während sie sich rittlings auf ihn setzte. „Ich glaube nicht."

Mit seinem harten Schwanz in der Hand, senkte sie sich auf ihn und ritt ihn hart, grub ihre Nägel in seine Brust, während sie ihre Hüften kreisen ließ.

Er sollte sich aufregen darüber, dass er verloren hatte, aber als Honoria seinen Schwanz mit ihrer Pussy packte und sich schneller bewegte, sagte er sich Scheiß drauf. Manchmal war es gar nicht so schlecht, zu verlieren. Vor allem, wenn Honoria Wakeham beteiligt war.

Kapitel Vier

Am folgenden Tag saß Asher neben Honoria im Büro des Clanführers. Vorerst nutzte die menschliche MDA-Mitarbeiterin es als ihre Basis.

Es war seltsam, einen Menschen hinter dem riesigen Schreibtisch zu sehen, der jahrhundertelang von Skyhunters Führern benutzt worden war. Manche mochten denken, er sollte zerstört werden, um alle Verbindungen zu Marcus Kings Herrschaft zu trennen. Asher hielt es jedoch für besser, den Schreibtisch zu behalten und dahinter zu sitzen, um Gutes zu tun. Der Großteil von Skyhunters Vergangenheit war schließlich nicht so finster. Es hatte sogar Zeiten in der Geschichte gegeben, wie zum Beispiel während des Zweiten Weltkriegs, als man sie als Helden angesehen hatte.

Nicht, dass er überhaupt an den Schreibtisch denken sollte. Honoria hatte Penny gerade von ihrer

Co-Leader-Idee erzählt, und sie warteten auf eine Antwort. Der Mensch sah sie immer wieder nacheinander an, die Augenbrauen zusammengezogen, eindeutig nachdenklich.

Als sie endlich sprach, war ihre Stimme fest. Zumindest für einen Menschen. „Ein Teil von mir möchte die Anfrage ganz und gar ablehnen, da Skyhunter sich schon mit nur einem neuen Anführer genügend Herausforderungen wird stellen müssen."

Als sie innehielt, sprang Asher ein. „Ich spüre ein ‚Aber' kommen."

Penny lehnte sich in ihrem Sessel zurück und seufzte. „Aber es könnte auch eine gute Sache sein. Denn zwei Drachenwandler zusammenarbeiten zu lassen, ganz zu schweigen von den zusätzlichen Mitarbeitern, die Sie vorschlagen, würde das Risiko von Korruption erheblich verringern. Es könnte immer noch passieren, wohlgemerkt. Aber es wäre weniger wahrscheinlich, wenn man bedenkt, dass alle Drachenwandler daran beteiligt sind, den Clan am Laufen zu halten."

Honoria tippte mit der Hand auf die Armlehne ihres Stuhls. Asher erinnerte sich, dass sie denselben Tick gehabt hatte, als sie jünger gewesen war, und es war das einzige Zeichen, dass sie unbedingt ein Urteil hören wollte. Die Drachenfrau fragte: „Dürfen wir also als Paar antreten?"

„Die anderen werden zweifellos einen Aufruhr machen. Wir müssten auch ihnen die Möglichkeit bieten, als Team anzutreten." Sie sah jeden einzelnen an. „Möchten Sie es trotzdem tun?"

Beide nickten, aber Honoria sprach zuerst. „Natürlich."

„Gut, dann muss ich zuerst meinen Chef anrufen und dann Stonefire."

Asher zog die Brauen zusammen. „Warum müssen Sie mit Stonefire reden?"

Der Mensch antwortete: „Sie sind der andere englische Drachenclan, und wahrscheinlich der, mit dem Sie am engsten zusammenarbeiten werden. Es ist wichtig, dass Sie beide sich verstehen. Angesichts dessen, was ich über Bram Moore-Llewellyn weiß, sollte es kein Problem sein. Aber ich muss es erst mit ihm klären."

Es lag Asher auf der Zunge zu sagen, dass ihm Stonefire scheißegal war, aber er hielt sich zurück.

Sein Drache meldete sich zu Wort. *Das solltest du auch besser. Und auch wenn ich weiß, dass du es hasst, wenn andere die Kontrolle über dein Schicksal übernehmen – vor allem nach dem, was Marcus getan hat – Bram ist anders. Alles, was wir über ihn gelesen haben, sagt, dass er ein guter Mann ist, und er will nicht jeden kontrollieren.*

Vielleicht. Aber du weißt auch, dass Stonefire viele Veränderungen in Großbritannien gesteuert hat, als wir inhaftiert waren. Wer könnte sagen, dass sie nicht auch hier versuchen, die Dinge zu ändern?

Wir werden ihn schon früh genug treffen. Bewahr

dir dein Urteil auf, bis du persönlich mit ihm zu tun hast!

Da Asher mit seinem Drachen gesprochen hatte, hatte er Honorias Frage verpasst. Aber der Mensch sprach wieder. „Ich habe morgen eine Antwort für Sie. Die nächste Phase der Führungstests wird sowieso erst in ein paar Tagen stattfinden. Wenn Sie also als Team teilnehmen dürfen, werden Sie es vorher erfahren. Wenn Sie mich jetzt bitte entschuldigen würden, ich habe in den nächsten Stunden viel zu tun."

Asher stand auf, verließ das Büro, und Honoria folgte. Erst als sie draußen vor dem Cottage waren, das von den meisten ehemaligen Clanführern benutzt worden war, sprach Asher wieder. „Ich mag es nicht, wenn andere Clans ein Mitspracherecht bei dem haben, was wir tun."

Honoria verdrehte die Augen. „Sie wollten sowieso eine Rolle bei der Wahl des Anführers von Skyhunter spielen, also verstehe ich nicht, warum das so eine große Sache ist." Ihr Gesichtsausdruck wurde sanfter. „Außerdem, wie viel weißt du von Stonefires Anführer?"

Er zuckte mit einer Schulter. „Nicht viel, nur das, was ich lesen konnte. Ich habe ihn noch nie getroffen. Aber nach dem, was ich mitbekommen habe, hat er in den letzten Jahren viel Einfluss auf das MDA gehabt."

„Das stimmt nicht ganz. Seine Gefährtin ist eine

ehemalige MDA-Mitarbeiterin und hat viele Kontakte. Ganz zu schweigen von der menschlichen Gefährtin eines anderen Drachenmannes, die ein Buch geschrieben hat, mit dessen Hilfe die Menschen uns jetzt nicht mehr nur als Monster sehen. Und dann gibt es da noch die andere menschliche Gefährtin, die eine Videoserie herausgibt, in der sie die Aspekte des Drachenwandlerlebens der Öffentlichkeit vorstellt. Wenn überhaupt, sind es die Menschen von Stonefire, die einen großen Teil der Beeinflussung ausmachen."

„Woher weißt du das alles, Ria? Du warst ja nicht einmal im Land."

Honoria wollte das Cottage verlassen und ein gemeinsames Training mit Asher vorschlagen. Er äußerte jedoch seine Zweifel und fragte sie dann noch einmal, woher sie so viel über Bram und Stonefire wusste.

Ashers Ton war nicht vorwurfsvoll, nur neugierig. Nur deshalb zerrte sie ihn nicht in ein verlassenes Gebäude, um ihn zu beschimpfen.

Der Nachteil, ein Co-Leader-Team zu sein, bestand darin, dass sie Vertrauen und Zusammenhalt in der Öffentlichkeit vermitteln mussten. Wenn sie ihm die Ohren langziehen müsste, müsste es im Privaten geschehen.

Ihr Drache meldete sich zu Wort. *Gut. Dann gibt mir die Gelegenheit, die Kontrolle zu über-*

nehmen und ihm eine Lektion auf meine Art zu erteilen.

Sie ignorierte ihr Tier und antwortete auf Ashers Fragen: „Nur weil ich Tausende von Meilen entfernt war, bedeutet das nicht, dass ich nicht den Überblick über die Geschehnisse in Großbritannien behalten habe. Obwohl meine Eltern tot sind, hatte ich gehofft, irgendwann zurückzukehren."

„Wenn die Prüfungen nicht wären, wärst du dann gekommen?"

Sie blickte in die Ferne und betrachtete die sanften Hügel, die Skyhunter an den meisten Seiten umgaben. England war so viel grüner als Nordkalifornien. „Ja, obwohl vielleicht nicht so bald." Sie sah zu Asher zurück. „Ich habe schließlich immer noch Familie in Großbritannien."

Ihre englischen Cousins waren zum nordirischen Clan gegangen und noch immer nicht zu Skyhunter zurückgekehrt.

Ihr Drache meldete sich zu Wort. *Wir können sie bitten, zurückzukommen, sobald wir das Kommando haben. Sie werden uns sicher vertrauen, dass wir alles in Schach halten.*

Ich hoffe es. Es wäre schön, mehr Familie in der Nähe zu haben.

Sag mir nicht, dass du unsere Cousins in Amerika vermisst. Sie haben uns bis zum Ende geärgert.

Vielleicht. Aber sie haben uns zur Seite gestanden, als wir es brauchten.

Als Honoria angekommen war und nur hatte

weinen wollen, hatten ihre Cousins ihr Bestes getan, um sie zu necken und in Rage zu bringen, damit sie ihren Schmerz vergaß.

Ihr Drache schnaubte. *Ich bin immer noch nicht davon überzeugt, dass das der Grund war.*

Ashers Stimme drang in ihre Gedanken. „Gut, wenn wir dann zusammenarbeiten, solltest du mir vielleicht helfen, Informationen über Bram und die anderen Anführer zu erhalten. Ich will nicht, dass mein Mangel an Wissen der Grund für unser Versagen ist."

„Das kann ich tun, aber du wirst mir im Gegenzug die Flugmanöver beibringen, die du vorhin gemacht hast."

Einer seiner Mundwinkel zuckte hoch. „Nur, wenn du meinst, sie bewältigen zu können. Ich kann dich nicht auf den Boden stürzen lassen."

Sie hob eine Braue. „Ich komme damit klar und mit noch viel mehr. Ich habe selbst ein paar Tricks auf Lager."

„Gut, dann bedeutet das, dass ich dich nicht mit Samthandschuhen anfassen muss."

Honoria wollte gerade eine Herausforderung vorschlagen, aber Shane Farhalls Stimme füllte die Luft. „Was habe ich da gehört, dass ihr beide euch zusammengetan habt und uns betrügt?"

Sie atmete tief durch und drehte sich zur gleichen Zeit um, als Asher es tat. In der Hoffnung, jede Art von Konfrontation zu vermeiden, sprach sie, bevor Asher es konnte. „Das ist kein Betrug, Shane.

Du hast die gleiche Chance wie jeder andere und kannst mit einem Partner antreten."

Shane zog ein finsteres Gesicht. „Wenn Skyhunter zwei Anführer hat, wird das der Welt signalisieren, wie schwach wir sind. Vor allem, weil in jedem anderen Clan auf dem Planeten nur eine Person das Sagen hat."

Asher grunzte. „Und du hast mit jedem anderen Clan der Welt gesprochen? Soweit ich gehört habe, weigern sich die Clans in Neuseeland und Peru, überhaupt mit jemandem zu reden. Sie könnten dort jeden Tag Massenorgien veranstalten, und wir würden es nie erfahren."

Honoria konnte nicht umhin, hinzuzufügen: „Wenn nicht gerade jeder an den Orgien teilnimmt, denn dann könnte es auf den Satellitenbildern zu sehen sein."

Asher schnaubte, aber Shane kam einen Schritt näher und knurrte. „Du bist nicht lustig, Schlampe. Hör auf, wie die Wichser im Norden und in Schottland sein zu wollen. Humor ist ein Zeichen von Schwäche, da er normalerweise bedeutet, dass die betreffende Person nicht richtig kämpfen kann."

„Und du weißt das wie?", fragte sie gedehnt.

Shane machte einen Schritt auf sie zu, aber Asher trat ihm in den Weg und hielt ihn zurück. „Keine Kämpfe, es sei denn, du willst aus dem Wettbewerb geworfen werden."

„Wenn das bedeutet, dass sie auch draußen ist, dann ist es das vielleicht wert", spie Shane.

Ihr Drache seufzte. *Hält er sich für'nen Macho oder so?*

Vielleicht. Denk dran, Marcus war für einen guten Teil seines Lebens unser Anführer. Und unter diesem Drachenmenschen waren Angst und die Zurschaustellung von Stärke alles, was zählte.

Ihr Tier grunzte. *Lass mich mal. Ich wette, er ist ein Feigling, wenn es zu einem echten Kampf kommt.*

Asher verschränkte die Arme vor der Brust, blieb aber immer noch vor Honoria. Sie war versucht, vor ihn zu treten und sich selbst um Shane zu kümmern. Aber wenn sie zusammenarbeiten würden, musste sie zugeben, dass Asher in bestimmten Situationen besser wäre. Es war klar, dass Shane Frauen nicht respektierte. Asher könnte ihn wahrscheinlich leichter wegbewegen, als sie es konnte, und ohne, dass sie auch aus dem Wettbewerb geworfen wurde.

Asher ergriff das Wort. „In früheren Wettbewerben wurden die Kandidaten während der gesamten Dauer getrennt und in Abgeschiedenheit gehalten, es sei denn, sie traten gegeneinander an. Entweder du lässt uns in Ruhe, oder ich ersuche darum beim MDA. Das heißt, feste Quartiere, keine Freiheit, am Himmel zu üben, und auch keine Chance, deine Freundin zu besuchen."

„Asher", flüsterte sie.

Ihr Tier sagte, *Nach so langer Gefangenschaft bereit zu sein, vorübergehend seine Freiheit wieder zu verlieren, spricht Bände über seinen Charakter. Jetzt will ich ihn schon wieder. Viele Male. Er wäre ein guter Gefährte.*

Shanes Antwort hinderte sie daran, etwas zu ihrem Drachen zu sagen. „Niemand will riskieren, in eine Zelle geworfen und nie wieder rausgelassen zu werden. Jeder würde dich hassen und es als Zeichen sehen, dass du genauso bist wie dein Onkel."

Asher zuckte mit den Schultern. „Entweder willigst du ein, uns in Ruhe zu lassen, oder ich rufe den MDA-Menschen an."

Für ein paar Sekunden sah Shane Asher einfach finster an. Aber als er sich halb abwandte, wusste Honoria, dass Shane nachgeben würde. Der Mann zeigte ihm den Mittelfinger und sagte: „Scheiß auf dich, King. Du wirst ohnehin verlieren. Ich schließe mich mit einem anderen Mann zusammen, und dann wirst du verstehen, dass die Zusammenarbeit mit einer Frau dich enorm benachteiligt."

Der Mann ging davon, seine Finger zu Fäusten geballt. Ihr Drache schüttelte den Kopf. *Sobald wir gewonnen haben, erinnere mich daran, ihn zu einer Reihe von Flugmanövern herauszufordern. Dann wird er sehen, wie viel Belastung wir sind.*

Lass es, Drache. Ich schätze, Shane wird aus Skyhunter fliehen, wenn er verliert. Und er wird verlieren.

Da ist aber jemand zuversichtlich.

Wutgeschrei bringt einen nicht weit, und ich bin sicher, die anderen Anführer werden es durchschauen. Zumindest werden es Bram und Finn.

Apropos, wir sollten Asher danken, dass er uns Shane vom Arsch gehalten hat. Vielleicht ein paar Male. Und dann können wir uns darauf konzentrieren, ihn einzuarbeiten.

Sie ignorierte ihr Tier und berührte Ashers Bizeps. „Ich bin dankbar für deine Hilfe, aber ich hoffe, du verstehst, dass ich mich nicht immer zurücklehnen werde und mich von dir beschützen lasse."

Asher öffnete die Arme und stellte sich ihr gegenüber. „Natürlich nicht. Aber Shane denkt, dass Frauen nur gut sind, um gefickt zu werden, Babys zu gebären, und sonst nichts. Er hätte vielleicht riskiert, aus den Wettkämpfen geworfen zu werden, wenn es bedeutet hätte, dass auch du dadurch rausfliegst. Ich konnte das nicht riskieren. Ich verspreche dir, das nächste Arschloch, das uns über den Weg läuft, gehört ganz dir."

Sie schnaubte. „Du bist ja so zuversichtlich, dass es ein Mann sein wird."

„Nun, Drachenwandler gibt es mehr männliche als weibliche, statistisch gesehen ist es also wahrscheinlich."

„Okay, Mister Smarty Pants, bist du fertig?"

Er hob eine Braue. „Amerika hat auf jeden Fall auf dich abgefärbt, Ria."

Sie zuckte mit den Schultern und setzte einen falschen Akzent auf. „Ich könnte total cool sein und den ganzen Tag so reden, um dich zu ärgern."

Asher lachte leise. „Du wärest es wahrscheinlich vor mir leid."

Ihr Drache lachte. *Er hat recht.*

Da sie weder ihrem Drachen noch Asher den Punkt zugestehen wollte, deutete sie auf den Weg. „Lass mich dir mehr über Bram und Stonefire erzählen, und dann kannst du mit mir ein paar Flugübungen machen."

„Wenn ich dir meine geheimen Moves zeige, kochst du mir dann auch was Besonderes?"

„Vielleicht koche ich ja gar nicht mehr." Er hob seine Augenbrauen, und sie lächelte. „Okay, das tue ich, obwohl es hauptsächlich Chinesisch, Japanisch oder Koreanisch ist. Das ist alles in San Francisco beliebt und sehr lecker." Honoria sollte es dabei belassen, aber etwas in ihr fügte hinzu: „Aber nur, wenn du mir dabei hilfst, alles vorzubereiten. Auf diese Weise kannst du gleichzeitig lernen und dann kochst du später für mich."

Sobald die Worte ihre Lippen verließen, hatte sie keine Ahnung, wie Asher reagieren würde. Er hatte ständig davon geredet, vorsichtig zu sein und Abstand zwischen ihnen zu halten.

Und doch, je länger sie bei ihm war, desto mehr wollte Honoria ihn besser kennenlernen. Nein, er war nicht ihr wahrer Gefährte, aber das bedeutete nicht, dass sie nicht zusammenpassen würden. Schließlich hatte die Anführerin in Irland einen Drachenmann gepaart, der nicht ihr wahrer

Gefährte war, und alle möglichen Berichte kursierten, dass sie verliebt und perfekt füreinander waren.

Vielleicht war sie nach Skyhunter zurückgekommen, um mehr als nur dem Clan zu helfen. Vielleicht kannte sie ihren zukünftigen Gefährten schon, seit sie ein Kind war.

Da sie nicht darüber nachdenken wollte, fragte Asher: „Und, was ist deine Antwort auf meinen Deal? Oder hast du Angst vor ein bisschen Arbeit und davor, Meeresfrüchte anzufassen?"

„Ich habe keine Angst." Er streckte seine Hand aus. „Komm. Ich möchte so viel wie möglich schaffen, bevor uns jemand anderes belästigt."

Als sie ihre Hand in seine legte, schoss ihr bei der Berührung eine prickelnde Hitze durch den Arm. Obwohl sie Asher am Tag zuvor fünfmal gehabt hatte, brannte sie darauf, ihm die Klamotten runterzureißen und es auch noch ein sechstes und siebtes Mal zu tun.

Ihr Drache meldete sich zu Wort. *Dann mach es.*

Wir können nicht, bis vielleicht später.

Du denkst schon wieder an ihn nackt. Gut, weil ich ihn hart reiten will. Vielleicht ihm sogar einmal die Arme fesseln.

Whoa, nun mal ganz langsam! Wir dürfen die Prüfungen und die Vorbereitung darauf nicht vergessen. Warten wir bis nach dem Essen.

Jetzt wäre es zwar besser, aber ich schätze, ich kann bis dahin warten.

Ihr Tier verstummte, und Honoria versuchte, nicht darüber nachzudenken, dass sie gerade zugestimmt hatte, mehr Sex mit Asher zu wollen. So viel zum Thema ‚Das bleibt eine einmalige Sache'.

Kapitel Fünf

A sher schlug müßig mit den Flügeln, um seine Höhe zu halten, und beobachtete, wie Honoria Richtung Erde tauchte.

Es war ihr zweiter Versuch. Bei ihrem ersten Versuch war sie fast auf den Boden geschlagen und hätte schweren Schaden angerichtet.

Sein Drache meldete sich zu Wort. *Ich kann immer noch nicht glauben, dass du ihr sagen wolltest, sie solle aufhören. Dann hätte sie es allein versucht, ob wir in der Nähe gewesen wären oder nicht.*

Er ignorierte sein Tier und hielt den Atem an, während Honoria herunterstürzte, ihre Flügel flach gegen ihre weiße Drachengestalt gedrückt. Die Sonne war heute kaum zu sehen, aber er erinnerte sich von seiner Jugend daran, dass ihre Schuppen im Sonnenschein schillernder waren als weiß.

Sie war in jeder Gestalt schön.

Sein Drache schnaubte, aber dann wurde es Zeit,

dass Honoria hochzog, und sein Tier bewegte seinen Drachenkopf nach vorn, um es zu beobachten.

Eins, zwei, drei ... und Honoria ließ ihre Flügel frei und manövrierte ihren Körper, sodass die Strömungen sie wieder gen Himmel schleuderten.

Er stieß seinen Atem aus und sagte zu seinem Tier: *Sie ist immer noch eine schnelle Schülerin und viel geschickter, als ich angenommen hatte.*

Alle Männer denken wahrscheinlich das Gleiche. ‚Sie ist eine Frau, also muss sie schwach sein'. Das ist die traditionelle Denkweise.

Asher gefiel der Gedanke nicht, dass andere Honoria so leicht abtun würden. *Das bedeutet nur, dass wir dieses Ding gewinnen und beweisen müssen, dass alle Unrecht haben.*

Dazu müssen wir unser Bestes geben. Ich glaube, Ria ein oder zwei Dinge mit unserem Schwanz zu zeigen, wird sie anregen.

Wäre er in seiner menschlichen Gestalt gewesen, hätte Asher gelächelt. *Sag ihr das und sieh, was passiert.*

Honoria schwebte vor ihnen und schlug mit den Flügeln, um an Ort und Stelle zu bleiben. Sie neigte fragend den Kopf, und Asher zögerte nicht, anerkennend zu nicken, um sie wissen zu lassen, dass sie es richtig gemacht hatte.

Da sein Versprechen gewesen war, ihr ein hartes Manöver beizubringen, bevor sie die Sitzung beendeten, zeigte er mit seinem Hinterbein auf den Boden, dann auf sie und wieder auf den Boden. Er vertraute darauf, dass sie es verstand, und tauchte in Richtung Landebereich.

Das langgehegte Bedürfnis, sie zu beeindrucken, strömte durch Ashers Körper, und er zog seine Flügel an, damit er schneller Richtung Boden fiel. Als er nahe genug am Landeplatz war, ließ er seine Flügel frei, hielt sich gegen den plötzlichen Stoß des Widerstands und glitt dann den Rest der Distanz zum Boden. In dem Moment, in dem er seine Hinterbeine auf die Erde brachte, erfüllte der Klang von Klatschen die Luft.

Asher sah über seine Schulter und entdeckte eine Gruppe von Drachenwandlern, die meisten in ihren späten Teenagerjahren und frühen Zwanzigern. Es dauerte eine Sekunde, bis er sie erkannte; es waren einige seiner ehemaligen Schüler. Ganz erwachsen und zweifellos weniger unschuldig als zu dem Zeitpunkt, als er sie zuletzt gesehen hatte, aber als er jedes ihrer Gesichter betrachtete, hatten sie nichts als Lächeln und Zustimmung für ihn.

Sein Drache sagte leise: *Lass uns mit ihnen reden. Sie werden dir nicht vorwerfen, sie im Stich gelassen zu haben.*

Eines der vielen Dinge, über die Asher sich während seiner Gefangenschaft Sorgen gemacht hatte, war, ob seine Schüler in Sicherheit wären. Er hatte ihnen beibringen wollen, wie man flieht, falls erforderlich, aber er war sich nie sicher gewesen, ob es genug gewesen war.

Sein Drache meldete sich wieder zu Wort. *Auch*

wenn nicht alle unserer ehemaligen Schüler hier sind, sind es viele. Lass uns herausfinden, was passiert ist. Wenn wir jemals Anführer sein wollen, müssen wir anfangen, jedem zu zeigen, dass wir geheilt und bereit sind.

Da Asher die letzten sechs Monate damit verbracht hatte, sich selbst zu heilen und seine Dämonen zu bekämpfen, hatte er sich von fast allen ferngehalten, die nicht seine Mutter und Schwester waren. Zum ersten Mal fühlte er sich zuversichtlich zu sagen: *Ich glaube, wir* sind *bereit, mit ihnen zu sprechen.*

Asher stellte sich vor, dass seine Flügel in seinen Rücken schrumpften, seine Unterarme und Hinterbeine kürzer wurden und seine Schnauze sich wieder in Nase und Mund verwandelte.

Sobald er in seiner menschlichen Gestalt dastand, eilte die Gruppe der ehemaligen Schüler auf ihn zu. Einer der älteren Jungen – nein, Tony war jetzt ein junger erwachsener Mann – sprach zuerst. „Das war brillant, Mr. Asher! Ich erinnere mich vage daran, diese Manöver gesehen zu haben, als Sie noch unterrichtet haben, aber entweder sind Sie jetzt besser, oder mein Gedächtnis ist Mist."

Eine Frau, die nicht viel jünger war als er, kicherte. „Das ist dein Gedächtnis, Tony."

Tony starrte sie finster an, aber Asher bemerkte, dass sich der Blick in einen voller Liebe verwandelte. Er vermutete, dass die beiden zusammen waren.

Ein anderer Mann meldete sich: „Tony, ich

denke, es ist ein bisschen von beidem, wenn ich ehrlich bin. Es ist dir schon immer schwergefallen, dir Fakten oder Protokolle zu merken, selbst wenn du ein Genie mit Zahlen bist."

Eine weitere junge Frau ergriff das Wort, eine, die noch in den Teenagerjahren sein musste und nicht mehr als neun oder zehn gewesen sein konnte, als Asher sie zuletzt gesehen hatte. „Mr. Asher, ist es wahr, dass Sie darum kämpfen, unser neuer Clan-Anführer zu sein?"

Ihm war vage bewusst, dass Honoria sich ihnen in ihrer menschlichen Gestalt näherte, komplett bekleidet. Er sah über seine Schulter und hob fragend eine Augenbraue. Wollte sie, dass er der Gruppe von dem Joint Venture erzählte?

In der Sekunde, in der sie nickte, blickte Asher auf die jüngeren Drachenwandler zurück. „Das tue ich, aber nicht allein. Honoria und ich treten als Team an."

Gemurmel breitete sich durch die Gruppe aus, aber es war das Mädchen, das nach seiner Teilnahme gefragt hatte, das es schaffte, zuerst zu sprechen. „Ich habe noch nie davon gehört, dass zwei Leute einen Clan gemeinsam führen wollen."

Sein Tier sagte: *Siehst du, dass sie sich nicht zuerst darauf gestürzt hat, dass Honoria eine Frau ist? Das ist ein gutes Zeichen.*

Honoria antwortete der Frau: „Es ist ungewöhnlich. Und ich weiß nicht genug von anderen Clan-Geschichten, um zu sagen, ob es jemals gemacht wurde. Aber Asher und ich halten es für eine gute Idee." Sie zwinkerte. „Schließlich meiden weibliche Drachenwandler in der Regel einen Krieg oder andere gewalttätige Maßnahmen häufiger als die Männer. Das allein ist schon ein Punkt zu meinen Gunsten."

Einer der jüngeren Männer schnaubte. „Vielleicht, aber ich habe viele Geschichten über weibliche Drachenwandler gelesen, die sich gegenseitig vergiften. Das ist genauso schlimm."

Sein Drache lachte. *Er hat wohl zu viele Romane gelesen.*

Asher konzentrierte sich auf den Mann. „Honoria wird niemanden vergiften, genauso wie ich mit niemandem einen Krieg anfangen werde. Wir alle wissen aus erster Hand, wie ein verdorbener Anführer ist, und ich schwöre, nie einer zu sein."

Stille fiel über die Gruppe. Vielleicht hätte Asher das Thema auf Zehenspitzen umrunden sollen, aber auf lange Sicht würde das dem Clan nicht helfen. Sie mussten anerkennen, dass es die Herrschaft des ehemaligen Anführers gegeben hatte, darüber reden, anfangen zu heilen und weitermachen.

Honoria berührte sanft seinen Rücken, und er ließ sich davon beruhigen. „Ich weiß, dass du nicht so sein wirst, Ash."

Eine der Frauen meldete sich zu Wort. „Ich auch, Mr. Asher. Sie haben sich immer so viel Mühe gegeben, uns zu zeigen, dass selbst diejenigen von uns, die schwächer und langsamer als gewöhnlich sind, fliehen können, wenn nötig. Wir alle haben Ihnen immer am Herzen gelegen."

Die Gruppe seiner ehemaligen Schüler murmelte etwas Ähnliches. Und zum ersten Mal glaubte Asher wirklich, dass es Hoffnung für Skyhunter gab.

Sein Tier meldete sich zu Wort. *Ihr Glaube ist erst der Anfang. Andere werden folgen, vor allem im Laufe der Wettkämpfe.*

Asher gefiel die Tatsache, dass sein Drache zuversichtlich war, ohne es zu übermäßig zu sein.

Einer der jüngeren Männer mischte sich ein. „Wir werden Sie anfeuern, Mr. Asher. Und vielleicht können Sie uns eines Tages noch ein paar Ihrer Tricks beibringen. Nicht, dass wir sie brauchen, wenn Sie und Ihre Partnerin gewinnen, aber es wäre schön, sie trotzdem zu lernen. Schließlich könnten die Drachenjäger oder Drachenritter jederzeit in den Süden kommen."

Bislang hatten sich beide Feinde hauptsächlich auf Stonefire und Lochguard im Norden konzentriert. Asher machte sich jedoch Sorgen darüber, dass sie nach Skyhunter kamen und einige der beeinflussbareren Clan-Mitglieder dazu überredeten, ihnen zu helfen, besonders wenn sie eine Doppelführung ablehnten, für den Fall, dass er und Honoria siegten.

Sein Tier grunzte. *Wenn sie mit jemandem zusammenarbeiten, um Drachenwandlern das Blut zu stehlen, dann sind sie vielleicht zu dumm, um zu leben.*

Ein Clanführer darf nicht nur die Intelligenten schützen. Ein Teil unserer Aufgabe wird es sein, auf die Schwächsten aufzupassen.

Sein Drache schnaubte. *Ich bin sicher, in alten Tagen hat man die Schwächeren aus dem Clan verbannt, um zu überleben.*

Das meinst du nicht wirklich.

Nein, aber wenn wir nicht bald essen, werde ich noch grummeliger und schlage weitere altmodische Traditionen vor.

Er würdigte seinen trotzigen Drachen keiner Antwort, sondern blickte auf die Gruppe ehemaliger Schüler. „Wenn sich die Dinge jemals genug beruhigen, werde ich in Zukunft ein paar spezielle Trainingstage veranstalten. Aber ihr müsst wissen, dass es noch viel zu tun gibt, bevor sich die Dinge hier wahrscheinlich beruhigen."

Eine der Frauen nickte. „Ich weiß, Mr. Asher. Und wir warten trotzdem."

Asher verabschiedete sich und folgte Honoria. Sobald sie außer Hörweite waren, sagte sie: „Wenigstens wissen wir, dass nicht jeder es ablehnen wird, dass ich mit dir zusammenarbeite."

„Ich bin sicher, dass andere zustimmen werden, und hoffentlich werden weitere folgen. Aber zuerst müssen wir so vorbereitet sein wie möglich. Also beeilen wir uns, zu dir zu kommen, damit du mich über alles informieren kannst, was ich verpasst habe."

Honoria nickte. „Wir gehen, aber ich schlage ein

Rennen vor. Der Letzte, der bei mir ankommt, muss die Shrimps pulen und entdarmen."

Er wollte gerade schon sagen, dass er nicht wusste, wo sie jetzt wohnte, aber Honoria lief schon los. Asher konnte nur seine Klamotten nehmen, sie anziehen und ihr folgen.

Obwohl Honoria geschummelt hatte, lächelte er den ganzen Weg zu ihrem Cottage, und noch mehr, als er sie endlich einholte. Es war eine Weile her, seit er eine Frau hatte jagen müssen, und Asher hatte vergessen, wie sehr er es mochte.

Vielleicht war es kindisch gewesen, ein Rennen vorzuschlagen – besonders ein Rennen zu einem Ort, von dem Asher nichts wusste –, aber Honoria wollte gewinnen und Asher die Garnelen zum Abendessen putzen lassen. Und so rannte sie so schnell sie konnte, und Ashers Schritte hinter ihr sagten ihr, dass er nicht weit zurücklag.

Ihr Drache meldete sich zu Wort. *Ja, ja, ich mag die Jagd.*

Er jagt uns nicht, Drache.

Bist du dir sicher? Er könnte doch überall essen. Und vielleicht allein mehr über Stonefire und Lochguard in Erfahrung bringen. Nein, er jagt uns.

Du verwandelst dich in einen Drachen, der nur an das Eine denkt, nicht wahr?

Ihr Tier grunzte. *Nur, weil du dieses Menschending machst und leugnest, was wir beide wollen.*

Ich sagte, ich will ihn, aber noch nicht.

Sex nach einem Zeitplan ist nicht sexy.

Glücklicherweise kam Honorias kleines Steincottage in Sicht, und sie strengte ihren Körper härter an. Als sie die vordere Stufe erreichte, drehte sie sich um. Asher war in der nächsten Sekunde vor ihr. Da er eine Stufe tiefer stand, war sie einen Bruchteil größer als er, und Honoria gab zu, dass sie es mochte, dass er ein winziges bisschen größer war als sie, da die meisten Männer kleiner waren.

Als hätte Asher ihre Gedanken gelesen, trat er auf dieselbe Stufe und drängte sie bis gegen die Tür. Sein heißer Atem tanzte über ihr Gesicht, sein Körper war weniger als einen Zentimeter von ihrem entfernt.

Eine Sekunde lang starrten sie einander nur an und atmeten angestrengt – vom Laufen, ganz bestimmt wegen des Laufens. Nicht, weil Asher so nah war, dass seine Hitze sie umhüllte wie ein Mantel.

Ihr Drache knurrte. *Du lügst schon wieder.*

Ashers Stimme war leise, als er sagte: „Öffne die Tür, Ria. Jetzt."

Sie fischte die Schlüssel aus ihrem BH und drehte sich zur Tür. Dadurch legte sich ihr Rücken gegen Ashers Front. Hitze brannte dort, wo er sie trotz ihrer Kleidung berührte, und sie erwartete, dass er einen Arm um ihre Taille schlingen oder vielleicht ihren Hals küssen würde.

Aber alles, was er tat, war, dazustehen und zu warten.

Er sollte nicht denken, er könne immer die Befehle geben, also drückte sie ihren Po absichtlich so zurück, dass sie seinen harten Schwanz spürte. Mit einem kleinen Wackeln ließ sie Asher knurren: „Mach die verdammte Tür auf, Ria!"

Sie sah über ihre Schulter und warf zurück: „Geduld ist eine notwendige Tugend für Clan-Führer, nicht wahr?"

Asher griff um sie, und da sie den Schlüssel bereits ins Schloss gesteckt hatte, drehte er ihn um, stieß die Tür auf und schob sie rückwärts hinein. Er zögerte nicht, die Tür zu schließen und sie dagegen zu werfen, seine Arme um ihren Körper. Seine angestrengte Stimme füllte den Flur. „Ich habe verdammte Geduld gezeigt, indem ich dich nicht umgedreht und dich im Freien geküsst habe."

Ihr Herz schlug schneller, und ihr Blick fiel auf seine Lippen. „Du wolltest mich küssen?"

Er trat einen Schritt weiter vor. „In letzter Zeit will ich dich verdammt nochmal ständig küssen. Aber wenn wir ein Clan-Führungsteam sein sollen, ist es wahrscheinlich das Beste, wenn wir Küsse privat halten."

Ihr Blick schoss zurück zu seinem. „Also keine platonische Beziehung?"

Seine Pupillen blitzten zu Schlitzen und zurück.

„Ursprünglich hatte ich daran gedacht. Aber, verdammt, Ria, jedes Mal, wenn du in der Nähe bist, passiert irgendwas mit meinem Gehirn, und ich kann nicht klar denken."

Sie lächelte. „Nun, das passiert eher, wenn das Blut nach Süden rauscht."

Er knurrte. „Nein, kein Necken. Es sei denn, es ist die Art, die ich mit Zunge und Zähnen machen kann."

Erinnerungen an Asher, wie er zwischen ihren Schenkeln geleckt hatte, blitzten in ihrem Geist auf, und ihr Drache meldete sich zu Wort. *Ja, ja, ficken wir ihn jetzt. Das Abendessen kann bis später warten.*

Ohne in der Öffentlichkeit zu sein und ohne, dass alle sie beobachteten, hörte Honoria auf zu leugnen, was sie wollte. Sie hob eine Hand an seine Brust und neigte den Kopf. „Ich könnte dein Snack vor dem Abendessen sein, wenn du willst."

Aaron nahm ihre Lippen in einem rauen Kuss, seine Zunge stieß in ihren Mund, als sich eine Hand in ihr Haar legte. Honoria schlang die Arme um seinen Hals, als sie sich wand und seine Zunge mit ihrer streichelte und ihm so gut wie möglich gab wie sie empfing.

Ihr Tier summte. *Ich will mehr als nur küssen. Sag es ihm, jetzt, oder ich übernehme die Kontrolle.*

Dieses Mal wirst du das verdammt nochmal nicht tun. Versuch es, und ich stecke dich in ein mentales Gefängnis.

Ihr Drache verstummte, und Honoria konzentrierte sich darauf, Asher zu küssen, während sie eine Hand über seinen Rücken laufen ließ, zu seinem Po und dann nach vorn. Als sie die Hand um seine Eier legte, stöhnte er. „Mach nur so weiter, bald kann ich mich nicht mehr zurückzuhalten, und muss deine Pussy mit meiner Zunge anbeten."

Sie drückte noch einmal zu. „Die Zunge kann warten."

Ashers Pupillen verwandelten sich in Schlitze und wieder zurück, als er ein paar Krallen ausstreckte und ihre Jeans zerfetzte. Sie quietschte. „Hey, du musst aufhören, meine Klamotten zu zerreißen. Ich hab' noch nicht so viele hier."

„Du brauchst im Haus auch keine", warf er zurück, als er seine eigenen Kleider abschüttelte.

Sie öffnete den Mund, aber dann fiel ihr Blick auf Ashers Hand, die seinen Schwanz pumpte, während er ihr näherkam.

Ihr Tier meldete sich zu Wort. *Ja, ja, wirf ihn um und nimm ihn! Ich will ihn jetzt. Kein Warten mehr.*

In diesem Augenblick entschied Honoria, dass sie sich in ihrem eigenen Haus an das ranmachen würde, was sie wollte. Und was sie gerade wollte, war Asher King in sich, der sie zum Schreien brachte.

Honoria entfernte die restlichen Teile ihrer Kleidung und ging hinüber zu ihrem Sofa. Aber anders als beim letzten Mal setzte sie sich auf die Rückenlehne, bevor er sie darüber beugen konnte. Nicht, dass ihr das nicht gefiel, aber sie wollte seine Augen sehen, während er sie nahm.

Honoria spreizte die Beine weit und streichelte ihre Pussy, dann ihre Klitoris. Asher beobachtete jeden Moment, seine Hand pumpte schneller.

Ihr Drache grunzte. *Sag ihm, er soll aufhören, sonst hält er nur ein oder zwei Minuten durch. Ich will länger, viel länger. Er muss beweisen, dass er es aushalten kann.*

Warum? Das ist keine Anforderung für Clanführer.

Für mich schon, wenn er jemals unser Gefährte sein soll.

Honoria versuchte, die Worte ihres Drachen zu verdauen, aber Asher war vor ihr, packte ihre Hand und zog sie weg. Schnell fügte sie zu ihrem Tier hinzu: *Wir reden später darüber.*

Ashers tiefe Stimme rollte über sie. „Hör auf, mit deinem verdammten Drachen zu reden, und bleib bei mir."

Er rieb die Kuppe seines Schwanzes an ihr, und Honoria hielt den Atem an. Irgendwie hatte sie genug von ihrem Verstand übrig, um zu sagen: „Bilde dir nur nicht ein, dass du mich immerzu herumkommandieren kannst, Asher King."

„Dich? Niemals." Er drang mit der Spitze seines Schwanzes in sie ein. „Deinen Drachen dagegen? Ich habe vor, seine Grenzen die ganze Zeit über auszutesten."

Ihr Drache knurrte, aber dann stieß Asher in Honoria hinein und bewegte seine Hüften. Um nicht nach hinten zu fallen, hielt sie sich an seinen

Armen fest und grub bewusst ihre Nägel in seine Haut. „Halt die Klappe und küss mich!"

Er schnaubte. „Und wer gibt jetzt die Befehle?"

Asher zog sich langsam zurück und stieß dann wieder hart in sie hinein, als er ihre Lippen mit seinen nahm und ihre Antwort schluckte. Vielleicht sollte sie wütend sein, aber als er sich bewegte und sie an sich zog, vergaß sie alles außer Ashers Zunge, die mit ihrer rang, seinem Schwanz, der sie beanspruchte, und seinen Händen, die sie liebkosten, streichelten und sie an ihn zogen.

Vielleicht wäre eine Zukunft mit Asher doch keine so schlechte Idee.

Dann fanden seine Finger ihre Klitoris, und alle Gedanken verschwanden, als er sie massierte und liebkoste und sie wie ein Instrument spielte. Jedes Streicheln brachte sie näher an den Rand des Orgasmus, was sie wimmern und stöhnen ließ. Asher war in ihr, um sie herum und drang in all ihre Sinne ein. Und als sie schließlich kam und Wellen nach Wellen ihren Körper überschwemmten, konnte sie nicht anders, als seinen Namen in seinen Mund zu stöhnen und sich sofort wieder nach ihm zu sehnen.

Auf eine Art und Weise, wie sie sich noch nie nach einem anderen Mann gesehnt hatte.

Asher hielt inne und zog sie näher, als er den Kuss unterbrach und ihr in den Hals biss. „Ria", flüsterte er, und die Spannung wich aus seinem Körper, als er kam.

Honoria legte ihren Kopf auf seine Schulter und

umarmte ihn fest. Ashers Stimme war mehr als eine Reaktion auf seinen Orgasmus. Seine Stimme war mit Ehrfurcht erfüllt, ebenso wie mit Verlangen. Es klang fast so, als hätte er all die Jahre auf sie gewartet.

Was natürlich lächerlich war. Also hielt sie ihn nur in den Armen und versuchte, nicht daran zu denken, dass er der Mann war, den sie einst geliebt hatte und leicht wieder lieben konnte.

Kapitel Sechs

Drei Tage später blickte Asher hinunter auf Honorias schlafendes Gesicht und fragte sich, wie er jemals gedacht hatte, er könne in ihrer Gegenwart sein und sie nicht berühren.

Sein Drache meldete sich zu Wort. *Sie will, dass wir sie berühren. Und das ist alles, was zählt.*

Er wollte sagen, dass das nicht stimmte, aber er und sein Tier hatten in den letzten drei Tagen darüber gestritten, was für eine schlechte Idee es wäre, wenn sie ein richtiges Paar würden, den Wettbewerb gewannen und dann etwas zwischen ihnen nicht klappte.

Sein Tier schnaubte. *Du hast nicht genug Vertrauen. Ich will sie nicht aufgeben. Ich werde für sie kämpfen. Du solltest das auch wollen.*

Honoria legte ihren Kopf gegen das Kissen und verlagerte die Position ihres Arms. Aber nach ein paar Sekunden glaubte Asher, sie schliefe noch, und er antwortete, *Der Clan muss jetzt an erster Stelle kommen.*

Bevor sein Drache noch etwas sagen konnte, piepte Ashers Telefon mit einer Nachricht. Er sah nach und las: *Dein und Honorias nächster Termin ist um 10 Uhr im Gebäude der Beschützer.*

Er fluchte innerlich. Es war jetzt fast neun Uhr, was bedeutete, dass er Honoria wecken musste. Doch als er ihr vom Schlaf entspanntes Gesicht anstarrte, halb von ihrem Haar bedeckt, wollte er sie ruhen lassen, nachdem er sie die halbe Nacht wachgehalten hatte.

Sein Drache schnaubte. *Sie hat* uns *die halbe Nacht wachgehalten.*

Er ignorierte sein Tier, legte vorsichtig ihr langes blondes Haar hinter ihr Ohr und streichelte sanft ihre Wange. „Ria, wach auf." Als sie sich nicht rührte, benutzte er den Trick, den er am ersten Morgen gelernt hatte, und zog die Decke weg.

Auch wenn es nicht eiskalt war, war die Luft kühl genug, um sie zu überraschen, und sie rollte sich auf den Rücken. Sie starrte ihn finster an und sagte: „Du musst damit aufhören."

Er brauchte alles, um seine Augen auf ihrem Gesicht zu halten und nicht auf ihrem köstlichen nackten Körper. „Wir müssen in etwa einer Stunde im Gebäude der Beschützer sein. Wenn du nicht ungewaschen und nach mir riechend da auftauchen willst, musst du unter die Dusche springen."

Sie streckte die Arme über den Kopf und antwortete: „Ich würde nur nach dir riechen, wenn ich schwanger wäre, was hoffentlich nicht so bald passiert."

Er bemerkte, dass sie nicht nie gesagt hatte, nur „nicht bald". Sein Drache richtete sich auf. *Gut. Eines Tages wird sie unsere Jungen gebären.*

Pst. Es gibt heute wichtigere Dinge, auf die wir uns konzentrieren müssen.

Unfähig, Honorias Körper ganz zu widerstehen, ließ er seine Finger über ihre Seite tanzen. Sie zuckte zusammen und lachte gleichzeitig. „Mach das nicht, Ash."

„Warum nicht? Du sagst doch immer, meine Finger sind warm."

Sie hob eine Braue. „Weil deine Finger die Angewohnheit haben zu wandern, und dafür haben wir keine Zeit. Zumal wir keine Ahnung haben, was die heutige Aufgabe oder der Test sein wird. Darüber hinaus neigst du dazu, Dinge eine Stunde nach dem Orgasmus zu vergessen, und das wäre eine Katastrophe. Also wirst du warten müssen."

Er beugte sich vor und hielt sein Gesicht knapp über ihres. „Nur vorerst?"

Ein verschlagener Glanz füllte ihre Augen. „Du wirst es wissen, wann es an der Zeit ist, mit dem hanky-panky weiterzumachen."

Einer seiner Mundwinkel zuckte hoch. „Du hast viel zu viel Zeit in Amerika verbracht."

Sie zwinkerte. „Das trägt nur zu meinem Charme bei."

Es wäre so leicht, sich wieder in Honoria zu verlieben.

Bei dem Gedanken hielt er inne. Nein, er durfte nicht riskieren, sich in sie zu verlieben, weil es auch die Zukunft des Clans in Gefahr bringen könnte. Und zumindest für die nächsten Jahre musste der Clan oberste Priorität haben, bis er wieder stabil und ausgeglichen war.

Sein Tier knurrte, aber Asher sagte nur: *Lass es.*

Der Ton war genug, um sein Tier ruhig zu bekommen, aber Honorias Stimme erfüllte den Raum. „Dein Gesicht ist gerade so ernst geworden. Was ist passiert?"

Er schüttelte den Kopf und setzte sich wieder aufrecht hin. „Nicht jetzt. Wir müssen unsere gesamte Energie für das, was in etwa einer Stunde geschehen wird, aufsparen und uns darauf konzentrieren."

Sie sah ihm in die Augen. „Wir können kein Team sein, wenn du nicht mit mir redest."

„Nachdem wir das, was das MDA geplant hat, abgeschlossen haben, können wir darüber reden."

Sie verdrehte die Augen. „Wenn dieser Ton mich unterwürfig machen soll, wird es nicht funktionieren."

Asher drehte sich um und ging an den Rand des Bettes, bis seine Füße den Boden berührten. „Danach, Ria. Ich verspreche, dass ich danach mehr reden werde."

Nicht, dass er irgendeine verdammte Ahnung

hatte, was er ihr sagen würde. Wenn er die Wahrheit darüber sagte, dass er sich vorstellen könnte, sich in sie zu verlieben und eine gemeinsame Zukunft zu wollen, könnte das alles verkomplizieren.

Sein Tier flüsterte, *Oder es könnte endlich alles an seinen Platz rücken.*

Mit einem Knurren stand Asher auf und ging zum Badezimmer. „Ich dusche als Erster."

Er riskierte einen letzten Blick auf Honoria und blinzelte fast, als er die Sturheit in ihrem Blick und die Festigkeit ihres Kiefers sah. Er kannte diesen Blick – sie würde nicht aufhören, bis sie die Wahrheit herausfand.

Es schien, als müsste er sich jetzt auf zwei Dinge vorbereiten, denn sobald ihre nächste Aufgabe vorbei war, würde Honoria sich auf ihn stürzen. Und auch nicht auf eine hanky-panky-Art.

Als er das Bad erreichte, drehte er das kalte Wasser in der Dusche an. Dann trat er unter die eiskalte Brause und schloss die Augen. Ein Teil von ihm wollte, dass sie die Wahrheit herausfand, und der Rest wollte fliehen. Asher hatte in der letzten Woche keinen Alptraum gehabt, aber der nächste würde nicht auf sich warten lassen. Und wenn er käme, könnte Honoria ihn als weniger männlichen und/oder weniger würdigen Partner ansehen.

Und das war etwas, das er nicht ertragen konnte.

Die vernünftige Sache wäre, ihr Techtelmechtel zu unterbrechen und sich auf den Clan zu konzentrieren.

Aber dieser Gedanke hinterließ einen sauren Geschmack in seinem Mund.

Sein Drache meldete sich endlich wieder zu Wort. *Schieb sie nicht fort. Sie soll uns gehören, auch wenn sie nicht unsere wahre Gefährtin ist.*

Er sagte nichts zu seinem Tier, aber dachte ein paar Minuten über die Worte nach, bevor er sein Gehirn zwang, sich auf all die neuen Fakten und Informationen zu konzentrieren, die er in den letzten drei Tagen von Honoria erfahren hatte. Er durfte nicht vermasseln, was als Nächstes kam, sonst könnte er die Zukunft aller riskieren, nicht nur seine eigene.

Dass Asher Honorias Frage auswich und so tat, als wäre alles normal, und dass sie dann nichts dagegen unternehmen konnte, war verdammt schwierig. In den letzten drei Tagen hatte sie gedacht, sie wären in alte Zeiten zurückgefallen, was bedeutete, dass sie sich wohl beieinander fühlten und immer weniger vor dem anderen zurückhielten.

Sicher, der Sex war fantastisch, aber die jüngste Geschichte der Drachenclans in England und Schottland zu besprechen, auch über deren Anführer, war genauso erstaunlich gewesen. Niemand in den USA hatte sich wirklich um den fernen englischen Clan oder seine britischen Landsleute geschert. Irgendwie war es so, als hätte sie einen Teil davon verloren, wer sie war, als sie Skyhunter verlassen hatte.

Aber jetzt war sie zurück und wollte die nächste Aufgabe mit Asher an ihrer Seite angehen. Sie müsste sich einfach darauf konzentrieren und später die Details aus Asher herauskitzeln.

Ihr Drache meldete sich zu Wort. *Du machst dir viel zu viele Sorgen. Außerdem mag er sich normal verhalten, aber er war ein Gefangener und wurde angeblich gefoltert. Das kann nicht leicht für ihn sein.*

Scham überflutete ihren Körper. *Ich glaube, ich vergesse das manchmal. Aber er redet verdammt nochmal nie darüber. Asher sollte wissen, dass er uns alles sagen kann.*

Richtig, weil Drachenmenschen ja auch immer offen und ehrlich über ihre Gefühle reden, sagte ihr Tier gedehnt.

Honoria lächelte. *Man kann doch wohl hoffen.*

Ihr Drache schnaubte, als sie die letzte Ecke zum Hauptsicherheitsgebäude umrundeten. Sie sah Asher an und bemerkte, dass seine Pupillen zwischen geschlitzten und runden hin- und herblitzten. Sie hatte keine Ahnung, worüber er mit seinem Drachen sprach, aber sie war froh, dass er es tat. Eine Sache, die sie über seine Gefangenschaft erfahren hatte, war, dass sein Drache während eines Großteils der fünf Jahre, die sie eingesperrt waren, unter Drogen gesetzt und zum Schweigen gebracht worden war.

Und einen geringeren Mann hätte das in den

Wahnsinn treiben können. Aber nicht Asher, der sture und wundervolle Drachenmann, der er war.

Ihr Drache fügte hinzu, *Und er ist genauso dominant wie wir. Vergiss das nicht!*

Das weißt du nur zu schätzen, wenn wir nackt sind. Ich bin mir sicher, dass es dich später verrückt machen wird.

Ihr Drache schnaubte. *Wir werden sehen. Es braucht nur ein bisschen Training, um ihn dazu zu bringen, zu tun, was ich will, und ich habe jede Menge Ideen.*

Sie biss sich auf die Lippe, um nicht zu lachen. Wenn sie es täte, würde Asher danach fragen, und dann müsste sie die notgeilen Wünsche ihres Drachen erklären.

Asher bemerkte ihren Blick und hob seine Augenbrauen. „Bist du bereit?"

Sie verbannte jegliche Belustigung aus ihrer Miene und richtete sich höher auf. „Natürlich bin ich das. Und du?"

Einer seiner Mundwinkel zuckte hoch. „Wenn wir uns weiter befragen, wird das nicht gut enden."

Sie zuckte die Schultern. „Es wird einfach seine Zeit dauern, herauszufinden, wie wir am besten zusammenarbeiten, das ist alles."

„Schätze schon."

Honoria sehnte sich danach, Ashers Hand zur Beruhigung zu nehmen, aber sie waren sich einig gewesen, auf jegliche Zuneigungsbekundung in der

Öffentlichkeit zu verzichten und auf ihre private Zeit zu beschränken.

Ihr Drache brummte, *Dumme Regel. Drachenwandler verbergen ihre Zuneigung nicht. Das ist so ein Menschending.*

Im Moment werden all unsere Bewegungen von ein paar Menschen beobachtet. Es ist also am besten, sie nicht zu sehr zu überraschen.

Stell dir vor, wir würden Ash in den Po kneifen. Ich wette, dem MDA-Menschen würde die Kinnlade runterfallen oder sie würde vielleicht sogar ohnmächtig werden.

Honoria musste unweigerlich lachen. Als Asher ihr einen fragenden Blick zuwarf, schüttelte sie den Kopf. „Später."

Sein Blick blieb eine Sekunde lang, bevor er das Nicken erwiderte. Und aus gutem Grund – sie waren im Hauptsicherheitsgebäude des Clans angekommen.

Sie nickten dem jungen Beschützer am Eingang zu und gingen hinein. Als sie von einem anderen Beschützer zu einem Raum geführt wurden, flüsterte Honoria: „Ich frage mich, ob es ein Gruppentest oder ein Teamtest ist."

Als sie von Honorias und Ashers Arrangement gehört hatten, hatten sich auch die verbleibenden Kandidaten zusammengetan.

Asher antwortete: „Wir werden es in etwa zehn Sekunden herausfinden, vorausgesetzt, wir sind alle versammelt. Aber ich hoffe eher nicht. Ich würde mich lieber darauf konzentrieren, unsere besten Ressourcen während einer Teamprüfung unter Beweis zu stellen."

Der junge Beschützer blieb neben einer Tür stehen und sagte: „Weiter gehe ich nicht. Sie warten da drinnen auf euch."

Der „sie"-Teil seines Satzes weckte ihre Neugier.

Asher öffnete die Tür, und Honoria ging hinein und blinzelte sofort, als sie sah, wer hinter einem langen Tisch saß.

Auch wenn sie nie einen der Drachenwandler persönlich getroffen hatte, waren ihr die dunkelhaarige, blauäugige Gestalt von Bram Moore-Llewellyn und die blonde, braunäugige Gestalt von Finlay Stewart aus Bildern und Interviews bekannt.

Es sah so aus, als wären die Clanführer von Stonefire und Lochguard gekommen, um sie zu befragen.

Bram sprach zuerst und deutete zu den leeren Stühlen gegenüber. „Setzt euch. Ich verspreche, dass ich nicht beiße, aber ich kann hier nichts für Finn versprechen."

Finn schmunzelte. „Wenn ich beiße, werdet ihr es nicht kommen sehen."

Bram seufzte. „Ich dachte, wir haben darüber gesprochen, es ein bisschen runterzufahren."

„Aye, aber ich habe dem nie zugestimmt, wenn du dich erinnerst."

Bram grunzte. „Warum hast du dann genickt?"

„Ach, das? Aye, nun, da habe ich mich an eine

Melodie erinnert, die ich meiner Tochter vorgesungen habe. Du hast es nur für eine Zustimmung gehalten."

Bram stieß einen noch stärkeren Seufzer aus und sagte: „Du hast Ara versprochen, dich zu benehmen."

Mit Ara meinte er Finns Drachenwandlergefährtin, Arabella MacLeod. Sie war eindeutig das Zentrum von Finns Welt, zusammen mit seinen drei Kindern.

Als Honoria in einen der Sitze rutschte, konnte sie nicht anders, als zu lächeln. „Was man über euch sagt, stimmt also."

Bram hob eine dunkle Augenbraue. „Ich habe fast Angst zu fragen, was stimmt." Er deutete zu dem anderen Anführer und sagte gedehnt: „Wenn man mit irgendwas zu tun bekommt, das Finn involviert, ruft das geradezu nach Ärger."

Ein Lachen entkam ihren Lippen, bevor sie es aufhalten konnte. „Dass ihr zwei mehr wie Brüder seid als sonst was."

Bram schüttelte den Kopf, und Finn zwinkerte. Der blonde schottische Anführer sprach zuerst. „Danke, Mädel. Du hast mir gerade den Tag versüßt. Bram hasst es, wenn die Leute das sagen, und alles, was ihn wütend macht, verbessert meine Stimmung."

Honoria sah Asher an, der still dasaß und das Paar beobachtete. Endlich warf er ein: „Ich vermute, das ist nur eine Show, um uns zu beruhigen, bevor ihr zuschlagt?"

Bram hob die Brauen. „Ich wünschte, ich könnte Ja sagen, aber dieser schottische Bastard ist entschlossen, unser Image zu ruinieren."

Finn winkte das mit einer Hand ab. „Wenn wir in Zukunft vielleicht mit diesen beiden zusammenarbeiten wollen, sollten sie wissen, worauf sie sich einlassen, Aye?"

Honoria meldete sich erneut zu Wort. „Ihr seid also nicht gegen ein Team von Anführern?"

Finn schüttelte den Kopf. „Nein, es ist eine kluge Idee, um ehrlich zu sein. Nicht, dass ich mit irgendjemandem teilen möchte, wohlgemerkt. Meine Familie mischt sich gern ein, und zweifellos würden einige von ihnen einspringen und helfen wollen. Was alles in Ordnung ist, bis es zu einer Art kleiner Katastrophe wird."

Bram schmunzelte. „Und ich werde das auf jeden Fall deiner Gefährtin gegenüber erwähnen, wenn ich das nächste Mal mit ihr rede. Sie ist schließlich auch deine Familie."

Asher sprach, bevor Finn antworten konnte. „Wenn ihr also nicht gegen ein männlich-weibliches Team seid, das die Führung übernehmen will, warum seid ihr dann hier?"

Finns Augen wurden einschätzend, und Honoria wäre fast zusammengezuckt, so schnell wie sein eben noch sorgloses Verhalten jetzt nichts als kluge Intelligenz zeigte. Finn sagte: „Um euren Charakter zu beurteilen. Marcus King war ein Bastard, der viele verletzt hat.

Lochguard mag Hunderte von Meilen nördlich von hier sein, aber Marcus' Taten haben auch uns beeinflusst. Und ich werde nicht zulassen, dass ein weiteres Arschloch die Kontrolle übernimmt und meinem Clan möglicherweise wieder Schaden zufügt."

Alle Augen drehten sich zu Asher, und Honoria wartete, um zu sehen, was er tun würde. Sie vermutete, dass hinter allem ein Motiv steckte, aber sie war noch nicht genug eingestimmt, um es herauszufinden.

Was sie verdammt wütend machte, aber alles, was sie tun konnte, war abzuwarten und zu sehen.

Einige andere hätten sich vom Charme der Stonefire- und Lochguard-Führer ablenken lassen, aber Asher wollte nicht darauf reinfallen. Schließlich war sein Onkel auch einmal charmant gewesen. Bis er es nicht war und stattdessen entschieden hatte, dass Angst besser funktionieren würde, um den Clan zu kontrollieren.

Sein Drache meldete sich zu Wort. *Angesichts dessen, was wir gelernt haben, bezweifle ich, dass diese beiden Angst einsetzen werden.*

Vielleicht, vielleicht auch nicht. Sie haben sich mein Vertrauen noch nicht verdient.

Und wir uns ihres auch nicht.

Ich weiß, aber ich werde mich nicht ducken.

Selbst wenn sie Verbündete sind, sind Drachenclans immer noch halbautonom.

Als Finn antwortete, dass er seinen Clan beschützen wollte, lehnte sich Asher in seinem Sitz vor und sagte: „Ein einziges Treffen wird nicht viel erreichen, wenn es darum geht, unsere Charaktere zu beurteilen."

Finn nickte. „Aye, du hast recht. Und deshalb bleiben wir für eine kleine Weile. Und nur, damit ihr es wisst, dass ich hier bin, bedeutet, dass ich meine Gefährtin und meine Drillinge zurücklassen musste. Also seid vorsichtig, da mein normalerweise brillantes, urkomisches Ich manchmal etwas weniger versöhnlich sein wird, besonders wenn es um die Zurschaustellung von Dominanz geht."

Angesichts des Stahls in der Stimme des schottischen Drachenmanns hob Asher seine Augenbrauen. „Wenn du glaubst, dass eine bloße Drohung mich genug erschreckt, um mich in Schach zu halten, dann weißt du verdammt nochmal nichts darüber, was hier passiert ist."

Honoria murmelte seinen Namen, aber er hielt seinen Blick auf Finn gerichtet. Der Drachenmann nickte schließlich. „Aye, du hast recht. Ich weiß nicht genau, was hier passiert ist, da Skyhunter seit über einem Jahrzehnt keinem unserer Clans Informationen gegeben hat. Aber kein Mann, der Leichen auf seinem Land begraben und mit Menschen planen würde, andere Drachenwandler zu töten, kann ein guter Anführer sein."

Bevor er antworten konnte, ergriff Honoria das Wort. „War er nicht. Er hat meine Eltern getötet und Ash für fünf Jahre ins Gefängnis geworfen."

Bram sah ihn an, dann Honoria, und wieder zurück. „Dann ist das hier so eine Art Racheakt?"

„Nein", sagte Asher. Skyhunter ist mein Heim. Der Clan braucht gute Führung, um zu überleben und zu heilen. Es wird nicht einfach, aber ich denke, Ria und ich haben die besten Chancen, das zu tun."

Finn neigte den Kopf. „Ach, Aye? Und warum das?"

Honoria antwortete: „Weil ich dabei geholfen habe, neue Technologien zu entwickeln, die wir nutzen können, um den Clan in die Gegenwart zu bringen. Ich habe sie und ihre Umsetzung in Amerika perfektioniert, und nicht einmal eure Clans haben ähnliche Systeme. Und was Ash angeht, so hat er das Wissen über jeden in Skyhunter und weiß, wer für die verschiedenen neuen Rollen am besten geeignet wäre."

Unter dem Tisch nahm Honoria seine Hand und drückte sie. Die kleine Geste half ihm, sich zu erden und sich auf das zu konzentrieren, was wichtig war, und das war, nicht die beiden Drachenwandler-Anführer zu verärgern. „Ganz zu schweigen davon, dass wir spezielle Aufgaben aufteilen wollen, damit sich jeder Einzelne auf die Details konzentrieren kann, anstatt dass einer versucht, alles anzugehen, und sich dabei zerreißt. Soweit ich weiß, hat keiner der anderen Kandidaten die gleiche Idee."

Bram sagte: „Die Aufgaben aufzuteilen und Verantwortung abzugeben, würde unsere Gefährtinnen auf jeden Fall glücklich machen."

„Aye", sagte Finn. „Und die Kleinen. Das ist definitiv was, worüber man für die Zukunft nachdenken sollte. Lorcan wird bald zurücktreten, und sein Nachfolger könnte ebenfalls offen für die Idee sein."

Asher wusste, dass Lorcan Todd der ältere Anführer von Northcastle war, dem Drachenwandler-Clan in Nordirland. Aber darüber hinaus erinnerte er sich nicht an viel.

Bram musterte Asher eine Sekunde lang, bevor er sagte: „Ihr beide scheint schon auf eine gewisse Weise koordiniert zu sein; ihr antwortet, wenn der andere gerade eine Pause macht, und tröstet einander sogar, wenn nötig – Aye, auch das habe ich bemerkt. Also sagt mir: Seid ihr beide wahre Gefährten?"

Asher hatte nie gedacht, dass er eine Gefährtin wollte, aber zum ersten Mal wünschte er sich, das Schicksal hätte Honoria zu seiner wahren Gefährtin gemacht.

Sein Drache schnaubte. *Das Schicksal spielt keine Rolle. Teile alles, und sie kann uns gehören.*

Honoria drückte seine Finger fester und antwortete: „Nein, auch wenn wir als Teenager gedatet haben. Und obwohl wir uns beide seither verändert haben, hilft uns das auf jeden Fall, einander die meiste Zeit zu verstehen. Nur manchmal benimmt er sich wie ein Alpha-

Drachen, und dann verstehe ich keine verdammte Sache."

Die Anführer lachten, aber Asher konnte den Blick nicht von Honoria wenden. Sie würde ihn immer zum Lächeln bringen, und mit genug Zeit könnte sie wahrscheinlich den Großteil der Finsternis seiner Gefangenschaft vertreiben.

Wäre nicht das alles, was auf ihren Schultern landen könnte, würde Asher Honoria an sich ziehen, sie küssen und sagen, sie solle seine Gefährtin sein.

Die Pflicht hatte jedoch Priorität, also verzichtete er darauf. Schon, er sollte auch ihre Hand loslassen, aber er konnte sich nicht dazu bringen.

Bram lenkte Ashers Aufmerksamkeit wieder auf sich. „Ich gebe zu, dass wir uns alle von Zeit zu Zeit so verhalten, und ich bezweifle, dass unsere Gefährtinnen uns jemals vollständig verstehen werden." Er hielt inne, und im Handumdrehen verschwand das Lachen aus Brams Gesicht. „Und obwohl es mir egal ist, ob ihr euch gegenseitig fickt, wenn die Stimmung danach ist, müssen wir doch wissen, ob es eure Führungsfähigkeit beeinträchtigt, besonders wenn einer von euch sich später im Leben jemand anderem zuwendet."

Sein Tier knurrte. *Ich möchte niemand anderen, nur Ria.*

Honoria antwortete: „Wird es nicht. Wir beide lieben diesen Clan und wollen, dass er wieder zu dem wird, was er einst war. Schließlich war Skyhunter, als wir noch klein waren, einer der offensten und verständnisvollsten Clans in Großbritannien."

Finn sprang ein. „Ich glaube, wir sind alle ziemlich gleich alt, was bedeutet, dass ich nichts aus der Zeit mehr weiß, bevor ich neun oder zehn oder so war, und ich kann mich nicht an diese Version von Skyhunter erinnern. Ich werde dich einfach beim Wort nehmen müssen."

Bram tippte ein paar Mal mit der Hand auf den Tisch. „Bis jetzt scheinst du kein Arschloch zu sein. Aber wir werden sehen, wie die Dinge in der nächsten Woche laufen."

Asher runzelte die Stirn. „Wie lange werdet ihr in Skyhunter sein?"

Der Anführer von Stonefire zuckte mit den Schultern. „Solange wie nötig." Finn öffnete den Mund, aber Bram fuhr fort: „Und wir müssen uns beide einig sein, wann es Zeit ist zu gehen. Ich bin genauso sehr daran interessiert, zu meiner Familie zurückzukehren wie du, Finn, aber wenn wir eine gute Zukunft für unsere Kinder wollen, ist das hier auch wichtig."

„Wenn man bedenkt, dass deine Gefährtin gerade schwanger ist, ist das sehr großherzig von dir, Bram", sagte Finn.

Er wollte nicht an schwangere Gefährten denken – denn das würde ihn dazu bringen, sich vorzustellen, wie es wäre, eine eigene Familie zu haben, etwas, woran Asher seit seiner Gefangenschaft gezweifelt hatte –, ließ Honorias Hand los und stand auf. „Gut, dann glaube ich, dass wir vorerst fertig sind."

Bram blieb sitzen. „Aye, für den Moment. Wir werden jedoch zu zufälligen Zeiten vorbeischauen, um zu sehen, wie die Dinge laufen."

Finn zwinkerte. „Aber keine Sorge, wir werden anklopfen, Aye?"

Asher kannte die Männer nicht gut genug, um über Sex zu scherzen, besonders mit Honoria an seiner Seite, also drehte er sich halb zur Tür hin. „Bis später dann."

Als die beiden Anführer zum Abschied nickten, drehte sich Asher um und verließ den Raum. Honoria murmelte etwas, das er nicht hören konnte, bevor sie sich ihm anschloss. Als er jedoch zum Ausgang des Gebäudes abbog, erschien die Menschenfrau Penny aus einem Raum und blockierte ihnen den Weg. „Äh, nein, Sie sind noch nicht ganz fertig. Sobald alle Interviews beendet sind, gibt es heute noch einen Test. Nun, zwei, eigentlich. Der Erste ist ein schneller Test auf einem Tablet, während Sie auf die anderen warten. Hier entlang."

Asher biss sich auf die Zunge und folgte dem Menschen in den Raum. Er hoffte, der zweite Test sei etwas Körperliches, da er das jetzt brauchte. Sowohl er als auch sein Drache verbrachten morgens gern Zeit draußen, um sich daran zu erinnern, dass sie frei waren und nicht in eine kleine, dunkle Zelle zurückkehren würden.

Sein Tier meldete sich zu Wort. *Es ist okay. Vielleicht sollten wir mit Ria eine Runde fliegen, anstatt wieder ins Bett mit ihr zu eilen.*

Das ist was, wovon ich nie gedacht hätte, dass du es jemals sagen würdest.

Ich möchte alles über sie wissen, wie du. Und wenn das bedeutet, dass sie eines Tages unsere Gefährtin wird, kann ich eine Weile auf mehr Sex warten.

Asher achtete darauf, einen neutralen Gesichtsausdruck zu behalten. *Du redest ständig von Gefährten. Aber was ist mit dem Clan?*

Wir können beides haben.

Das weißt du nicht.

Doch, weiß ich. Ria wird uns stärker machen.

Ein Tablet wurde ihm in die Hände gestoßen, und Asher tat sein Bestes, seinen Drachen zu ignorieren und den Test zu machen.

Er konnte spüren, wie Honoria ihn anstarrte, aber sie würde in der Öffentlichkeit nicht für Aufsehen sorgen. Allerdings würden sie später mehr als ein paar Worte wechseln müssen, dessen war er sich sicher.

Aber gerade reagierte Asher auf die seltsamen situativen Fragen. Ein Clan-Führer musste sich bei Bedarf konzentrieren, und Asher war mehr als bereit zu beweisen, dass er es konnte.

Kapitel Sieben

Honoria konnte an den verkrampften Muskeln in Ashers Kiefer erkennen, dass ihm etwas durch den Kopf ging.

Das Gespräch – oder war es ein Verhör gewesen? – mit Bram und Finn war etwas seltsam gewesen. Aber sie glaubte nicht, dass Asher sich wegen der beiden Anführer Sorgen machte. Sie betrachtete ihn eingehender, als sie wahrscheinlich sollte, und hatte die Veränderung bemerkt, als sie gefragt wurden, ob sie wahre Gefährten seien.

Ihr Drache meldete sich zu Wort. *Ich wette, sein Drache denkt wie ich – dass wir gut zusammenpassen würden.*

Ich dachte, du sagtest, sie brauchen mehr Training?

Ihr Tier schnaubte. *Das tun sie, aber sie sind immer noch viel besser als jeder andere Mann, den wir kennengelernt haben.*

Sie sollte es fallen lassen. Schließlich stand noch eine weitere Prüfung bevor, und sie sollte sich mental darauf vorbereiten.

Doch sie antwortete, bevor sie es sich selbst ausreden konnte. *Aber ist es wirklich eine gute Idee? Ich meine, die Sache könnte leicht schiefgehen.*

Ich habe Vertrauen. Warum du nicht?

Sie warf einen verstohlenen Blick auf Asher. Sie verliebte sich in alles an ihm, von der Narbe in seinem Gesicht, die zeigte, wie stark er war, bis hin zu seiner Fähigkeit, sich anderen Clanführern zu stellen, egal, wie berühmt sie waren. Und all das war nur die Spitze des Eisbergs dessen, was Asher King ausmachte.

Wirklich, sie war schon wieder halb in ihn verliebt. Sie antwortete, *Vielleicht. Mal sehen, ob wir diese Sache erst gewinnen können, und uns dann um unser Privatleben kümmern.*

Also bist du demgegenüber offen?

Ich schätze schon. Aber es braucht zwei Menschen in einer Beziehung, und wenn Asher nicht lernt, sich uns zu öffnen, könnte es zum Scheitern verurteilt sein, bevor es überhaupt anfängt.

Er wird es uns sagen, wenn er bereit ist. Gedulde dich einfach.

Sagt der Drachenwandler, der Sex bis zum Umfallen verlangte, bis er ihn bekam.

Das hat all unsere Gewinnchancen verbessert. Es gab einen Zweck dahinter.

Honoria bezweifelte, dass dies der Hauptgrund

für das Drängen ihres Drachen war, aber sie konzentrierte sich wieder auf das Tablet in ihren Händen und ging die Fragen durch. Jede war eine Situation, die sich für einen Clan ergeben könnte – wie Handelsgespräche mit den lokalen Countys oder der Umgang mit Feinden wie den Drachenjägern oder Drachenrittern –, und sie antwortete so gut sie konnte. Die anderen Kandidaten kamen sporadisch herein, aber sie gab ihr Bestes, sie zu ignorieren.

Erst als sie die letzte Frage beantwortet hatte, betrachtete sie die anderen, die denselben Test auf ihren Tablets machten. Obwohl sie nicht über die öffentlichen Informationen hinaus mit all den Leuten vertraut war, gab es einen eklatanten Unterschied: Sie war die einzige Frau im Raum. Scheinbar gab es nur zwei weitere Duos, die mit ihr und Asher konkurrierten. Obwohl sie keine Ahnung hatte, wie Shane Farhall es so weit geschafft hatte.

Ihr Tier meldete sich zu Wort. *Er hat wahrscheinlich Dinge von seinem älteren Bruder erfahren, auch wenn Shane in Wales und sein Bruder hier war.*

Shanes älterer Bruder war oberster Beschützer unter dem alten Anführer gewesen. *Ich bin mir nicht sicher, wie das positiv sein soll.*

Es bedeutet wahrscheinlich, dass er versteht, gut klingende Antworten zu geben.

Das wird Bram und Finn nicht reichen.

Soweit wir wissen, könnten sie ihn im Rennen lassen, um uns andere unter Druck zu setzen.

Ja, das klingt vernünftiger. Zumindest hoffte Honoria das. Shanes Jähzorn hätte ihn schon disqualifizieren sollen.

Während sie darauf wartete, dass alle anderen die Aufgabe erledigten, gab Honoria ihr Bestes, um sich die Gesichter und jede Art von Sonderheiten und verräterischen Zeichen zu merken, die sie bei den anderen Kandidaten bemerkte. Das kleinste Detail konnte der entscheidende Faktor darin sein, wer die Wettkämpfe gewinnen würde.

Schließlich hob das letzte rein männliche Duo seine Tablets und übergab sie dem MDA-Menschen. Sobald Penny sie beiseitelegte, klatschte sie in die Hände. „Gut, dann ist es jetzt Zeit für den nächsten Abschnitt. Dieser Teil wird Ihnen vertrauter sein, da er körperliche Tests beinhaltet, die Ihren Geist an den Rand des Möglichen bringen." Sie sah jedes Duo nacheinander an. „Und da Sie alle als Teams antreten, gibt es einen wichtigen Unterschied. Beide müssen die Aufgaben erledigen und dabei jederzeit zusammenbleiben. Wenn Sie Ihren Teamkollegen zurücklassen – also, über kurze Distanzen hinaus, wie in den auszuhändigenden Materialien beschrieben –, werden Sie disqualifiziert."

Einer der Männer fragte. „Was, wenn unser Teamkollege verletzt wird? Sollen wir ihn zurücklassen, um Hilfe zu holen?"

„Natürlich, aber das wird Sie dennoch disqualifizieren. Sie sehen, das ist ein wahrer Test unter

Druck. Sie werden blind hineingehen, mit nur drei Regeln. Erstens: Sie dürfen niemanden töten oder tödlich verletzen. Zweitens: Sie müssen innerhalb der Grenzen des South Downs National Park bleiben. Dort, wo der Park entlang des Kanals verläuft, können Sie bis zu zwanzig Meter am Ufer fliegen. Ansonsten müssen Sie im Park bleiben. Und schließlich, auch wenn es selbstverständlich sein sollte, dürfen Sie nicht mit den Menschen in der Gegend interagieren oder sie stören. Wir haben überall Augen, Ohren und CCTV-Kameras, also denken Sie nicht, dass Sie betrügen und damit durchkommen können." Penny deutete auf die Tür. „Wenn Sie diesen Regeln zustimmen und weitermachen möchten, müssen Sie sich in Zweiergruppen am Hauptlandebereich versammeln. Robin wird Ihnen die ersten Anweisungen geben, bevor er Sie in bestimmten Intervallen starten lässt."

Es sah so aus, als würde der Wettkampf endlich heiß und kompetitiv werden.

Ihr Drache grunzte. *Gut. All diese menschlichen Dinge sind langweilig. Ich bin bereit zu fliegen und zu erkunden.*

Wir wissen nicht einmal, wann die nächste Aufgabe sein wird.

Nein, aber wenn eine der Regeln lautet, in South Downs zu bleiben, dann bedeutet das, den Clan zu verlassen.

Honoria zögerte nicht aufzustehen, Asher auch

nicht, und sie verließen das Gebäude. Ihr Drache scharrte ungeduldig mit den Füßen in ihrem Kopf, ungeduldig loszulegen. Sie sagte zu ihrem Tier, *Warte einfach. Wenn wir es überstürzen, könnten wir was übersehen.*

Ihr Drache verstummte, und als sie draußen waren, flüsterte sie nur noch in Ashers Ohren: „Von hier an ist Kommunikation der Schlüssel. Wir *müssen* zusammenarbeiten und alles teilen, damit wir nicht disqualifiziert werden."

Er nickte, und ein Lächeln formte sich auf seinen Lippen. „Mir gefällt es, wenn du so herumkommandierst." Sie kniff die Augen zusammen, und er schmunzelte. „Okay, okay, ich verstehe es – jetzt kein Necken." Sein Gesichtsausdruck wurde ernst. „Und ja, alles teilen und zusammenhalten, egal, wie schwierig es wird."

Sie wollte seine Hand nehmen, hielt sich aber zurück. Jetzt war nicht die Zeit dafür.

Ihr Drache meldete sich zu Wort. *Warum nicht? Das könnte dazu führen, dass die anderen uns unterschätzen. Schließlich werden sie denken, dass wir eine verängstigte Frau sind, die Trost bei ihrem Mann sucht, damit er sie beschützt.*

Sie schnaubte innerlich. *Das stimmt.*

Sie nahm Ashers Hand. Sein Blick fand ihren, aber sie schüttelte den Kopf kaum merklich. Asher musste verstanden haben, weil er wieder geradeaus blickte.

Ein kurzer Blick über ihre Schulter, und sie sah Shane auf sie zeigen.

Ihr Drache meldete sich zu Wort. *Siehst du? Hab' ich dir doch gesagt.*

Ja, also lass deine Ideen weiter kommen. Ich bin vielleicht nicht mit allen einverstanden, aber wir müssen auch so gut wie möglich zusammenarbeiten.

In Wirklichkeit sind es also wir vier, die das Team bilden – zwei Menschen und zwei Drachen.

Zwei verdammt gute Menschen und Drachen. Der Landebereich wurde sichtbar. *Also lass es uns tun.*

Als sie sich Robins hoher Gestalt näherten, hielt Honoria den Kopf hoch und die Schultern zurück. Die nächsten Aufgaben konnten alles entscheiden, und sie war mehr als bereit, loszulegen.

Asher vermutete, dass Honoria nach seiner Hand gegriffen hatte, um Shane, und vielleicht einige der anderen, glauben zu lassen, sie habe Angst. Es war brillant, aber es ärgerte ihn auch ein bisschen. Er mochte es nicht, wenn andere Honoria für schwach hielten, selbst wenn es Teil eines Plans war.

Sein Drache meldete sich zu Wort. *Das braucht Zeit. Die Leute versuchen immer noch, damit klarzukommen, dass es in Irland einen weiblichen Anführer gibt, und es ist Monate her, seit ihr Geheimnis enthüllt wurde. Dass Honoria ihren Namen ins*

Rennen gebracht hat und es publik geworden ist, ist erst ein paar Tage her.

Es war schwer vorstellbar, dass es kaum eine Woche her war, seit er Honorias blondes Haar und die blauen Augen im Konferenzraum entdeckt hatte.

Robins große, dunkelhäutige Gestalt wurde sichtbar, und Asher schluckte schnell seinen Zorn herunter. Sie würden gleich ihre erste Aufgabe erfahren.

Sobald sie den Beschützer erreichten, gab er ihnen eine Tasche, die man in Drachengestalt verwenden konnte, was bedeutete, dass man sie leicht mit den Hinterbeinen umklammern oder um den Hals eines Drachen legen konnte. Robin deutete auf die Tasche. „Da drin findet ihr euren Auftrag und die Hilfsmittel. Ich kann nicht mehr als das sagen, also fragt nicht. Ihr habt fünf Minuten Zeit, um das Material zu lesen und zu studieren, bevor ihr aufbrechen müsst. „Viel Glück!"

Robin ging zur Seite des Hauptlandeplatzes, um zwei weitere große Taschen zu bewachen.

Asher vergeudete keine Minute, öffnete sie und fand einen kleinen Umschlag mit den Worten „ZUERST LESEN" auf der Vorderseite, einen einfachen Erste-Hilfe-Kasten, hundert Pfund, einen Ordner voller notwendiger Informationen von den Beschützern und ein quadratisches Gerät mit einem einzigen Knopf, das in einer durchsichtigen Plastikhülle eingeschlossen war. Auf der Rückseite des

Geräts waren die Worte: „Nur im Notfall drücken. Nach Drücken disqualifiziert."

Honoria legte es wieder in die Tasche zurück. „Das werden wir also nicht verwenden." Sie nahm den Umschlag. Darin befand sich eine Notiz sowie ein Bild von einem männlichen Rotschopf in seinen späten Zwanzigern, das komplizierte Tattoo auf seinem Bizeps markierte ihn als Drachenwandler. Er hatte keine verdammte Ahnung, wer der Mann war.

Asher nahm die Notiz und las sie laut vor: „Fraser MacKenzie wurde von den Drachenjägern entführt und ist irgendwo in den South Downs gefangen. Ihr Ziel ist es, ihn zu finden, vorsichtig zu befreien und ihn nach Skyhunter zurückzubringen, wo er mit seinem Clan-Anführer Finlay Stewart wieder vereint werden kann."

Honoria meldete sich zu Wort. „Es scheint also, dass wir weiter mit den Clans zusammenarbeiten."

Asher musterte die Gesichtszüge des Mannes, einschließlich der Belustigung in seinen Augen und des Anflugs von einem Lächeln auf seinen Lippen. „Und wie ich mein Glück kenne, wird es nicht leicht sein, ihn zurückzubekommen."

Honoria kicherte. „Das ist ein Teil der Herausforderung." Sie verstaute die Notiz und das Bild wieder in der Tasche. „Wir sollten gehen. Wie wäre es, wenn wir zuerst zu unserem besonderen Ort fliegen, um alle Informationen im Ordner durchzugehen und eine Strategie zu entwickeln?"

Er liebte es, wie Honoria gleich auf den Punkt

kam, und grunzte. „Wir werden wahrscheinlich irgendwann unsere Kleidung brauchen, also werfen wir sie auch in die Tasche."

Sobald sie sich ausgezogen hatten und dies taten, nahm Asher sich eine Sekunde Zeit, um Honorias Gestaltwandlung zu beobachten. Weiße Flügel wuchsen aus ihrem Rücken, ihre Arme und Beine streckten sich, und ihr Gesicht verwandelte sich in eine Drachenschnauze und -ohren. Der Drang, sie am Himmel zu jagen, stürzte durch seinen Körper.

Als sie in ihrer schönen weißen Drachengestalt dastand, begegnete er ihrem Blick und las darin, er solle sich verdammt nochmal beeilen.

Sein Drache lachte, als sie wandelten. Und als er fertig war, warf er sich die Tasche um den Hals, spreizte seine roten Flügel, hockte sich hin und sprang in die Luft. Nach ein paar Flügelschlägen war er hoch genug, um sich orientieren zu können und zu seinem und Honorias besonderen Platz zu fliegen.

Es war mehr als ein Jahrzehnt her, seit er ihn aufgesucht hatte. Sowohl Mann als auch Drache wussten jedoch noch genau, wo er war, nicht weit von Arundel Castle, aber jenseits der Ländereien des Dukes of Norfolk.

Als er eine bestimmte alte Steinbrücke am Fluss Arun entdeckte, legte Asher die Flügel an und machte sich auf den Weg zu einem baumbedeckten Hügel, der den Fluss überblickte.

Er landete vorsichtig auf der kleinen Lichtung an der Spitze und stellte sich vor, wie sein Körper in seine menschliche Gestalt zurückschrumpfte. Sobald er und Honoria fertig waren, verschwendete Asher keine Zeit und holte das von den Beschützern zusammengestellte Material heraus.

Honoria lehnte sich gegen seine Seite, als er den Ordner öffnete. Er war sich jedes Zentimeters ihrer Haut an seiner bewusst, fast so, als ob die Hitze ihres Körpers auf seinen übertragen würde. Ganz zu schweigen von dem Funken, der bis zu seinem bereits zum Leben erwachenden Schwanz schoss.

Das machte es ihm verdammt unmöglich, sich auf seine Aufgabe zu konzentrieren.

Sein Drache meldete sich zu Wort. *Du könntest ihr sagen, sie solle sich wegstellen.*

Niemals.

Clan-Anführer sollten selbst der köstlichsten Frau an ihrer Seite widerstehen können. Ausgehend von seiner jahrelangen Erfahrung im Gefängnis, in der er die Kunst der Ablenkung perfektioniert hatte, erinnerte sich Asher an den Mann mit den roten Haaren, der ihr Ziel war. Er war der Schlüssel, Skyhunter zu gewinnen. Nur dann konnte er Honoria als die seine beanspruchen, vielleicht für immer.

Und so überflog er die Dokumente im Ordner.

Es gab mehrere mutmaßliche Orte, an denen sich die Drachenjäger verstecken konnten. Darüber hinaus gab es mehrere verschwommene Fotos, jedes mit einem Etikett, wann und wo sie dort entdeckt worden waren.

Honoria flüsterte: „Ich denke, wir sollten die

wichtigsten und zuverlässigsten Informationen identifizieren und die möglichen Standorte eingrenzen." Er sah sie an, und sie hob die Augenbrauen. „Was? Ist ja nicht so, als würden wir die Augen schließen und blind mit dem Finger auf einen tippen."

Einer seiner Mundwinkel zuckte hoch. „Natürlich nicht. Aber ich habe genau das Gleiche gedacht."

Sie zwinkerte. „Große Köpfe denken ähnlich."

Sobald ihr Auftrag erledigt war, würde Asher Honoria auf jeden Fall hierher bringen und diesen Ort auf mehr als eine Weise zu dem ihren machen.

Sein Drache schnaubte. *Wer ist jetzt der Notgeile? Hör auf, mit unserem Schwanz zu denken, und konzentriere dich.*

Er gab Honoria einen kurzen Kuss und deutete auf die Liste. „Ich denke, wir sollten alle, die auf Informationen aus zweiter oder dritter Hand basieren, durchstreichen und bei den primären bleiben."

Honoria nickte. „Dem stimme ich zu. Je weiter weg von der ursprünglichen Quelle, desto wahrscheinlicher wird die Information verzerrt. Selbst wenn einige der vermuteten Orte näher an Skyhunter und unserer aktuellen Position liegen, können wir sie bei Bedarf auf dem Weg nach Hause jederzeit überprüfen."

„Richtig, und es könnte sich lohnen, an die entfernteste Stelle zu fliegen und uns rückwärts vorzuarbeiten. Dann verlieren wir nicht den Überblick darüber, wo wir schon waren, und müssen auch keine Zeit mit dem Zurückverfolgen verschwenden."

Honorias langer, eleganter Finger fuhr die Liste herunter. Der Anblick motivierte ihn – je eher sie die Prüfung beendeten, desto eher konnten ihre Finger an seiner Haut entlanglaufen.

Dann tippte sie auf einen der Orte weiter unten. „Wie wäre es, wenn wir hier anfangen? Das liegt am westlichen Rand der South Downs."

Er nickte. „Gut, aber landen wir weit genug weg, damit uns niemand am Himmel sieht und Alarm auslöst. Es dauert zwar länger, aber wenn wir uns den letzten Kilometern zu Fuß nähern, können wir auf Wachen achten und nach den erwähnten geheimen Eingängen Ausschau halten."

„Aber wir müssen auch Abstand von dem Dorf in der Nähe halten. Also sollten wir wahrscheinlich südlich des Standorts landen."

Asher schloss den Ordner und steckte ihn in die Tasche. „Okay, gehen wir."

Er versuchte, einen Schritt zu gehen, aber Honoria packte seinen Bizeps und küsste ihn sanft auf die Lippen. „Als Glücksbringer."

Obwohl er nicht an Glück glaubte, küsste er sie zurück und nickte. „Keine Verzögerungen mehr. Ich bin sicher, wer die Aufgabe in kürzester Zeit erledigt, wird gewinnen."

Honoria raste auf die andere Seite der Lichtung. „Dann versuch mal, mit mir mitzuhalten."

Ihr Körper verwandelte sich in ihre weiße Drachengestalt, und sie sprang in den Himmel.

Asher beeilte sich, zu wandeln und ihr zu folgen. Weibliche Drachen waren körperlich kleiner, aber sie waren verdammt schnell.

Sein Drache lachte. *Das ist gut, weil wir sie so gerne jagen.*

Asher musste dem Tier in seinem Kopf zustimmen, gab Gas und flog zu ihrem ersten Ziel.

Kapitel Acht

N ach zwei Tagen ohne Essen oder Schlaf tätschelte Honoria ihre Wangen, um sich wachzuhalten.

Ashers Flüstern war vor ihr zu hören. „Brauchst du eine Pause?"

„Nein, nein, eine Stunde wird es mir noch gut gehen."

Er blickte über seine Schulter und hob besorgt seine Brauen. „Bist du dir sicher?"

Manch einer hätte Asher für überfürsorglich gehalten. Und obwohl er das zweifellos war – das Merkmal war in der männlichen Drachenwandler-DNA ziemlich fest verdrahtet –, dachte er zugleich an ihre Aufgabe. Wenn sie nicht genug Pausen einlegten, könnte ihnen ein kleines Detail entgehen, mit dessen Hilfe der richtige Ort zu finden und die verdammte Herausforderung zu meistern wäre.

Sie nickte. „Ja, ich bin mir sicher. Außerdem

dürften wir in der Nähe des dritten Standorts auf unserer Liste sein. Wir können uns danach ausruhen, wenn dieser Ort nicht der richtige ist."

Er nickte und sah wieder nach vorn, um den Weg durch das Unterholz zu suchen. Honoria tat ihr Bestes, um ihre Augen und Ohren in der Dunkelheit vor der Morgendämmerung offenzuhalten. Selbst mit ihrem verbesserten Seh- und Hörvermögen, alles dank ihrer Drachenwandlergene, brauchte es Zeit und Konzentration, um die Klänge im Wald voneinander zu unterscheiden, und erst recht zu versuchen, sie zu identifizieren.

Ihr Drache meldete sich zu Wort. *Ich überhöre nichts. Spar dir deine Kraft dafür, die Stelle zu untersuchen, nur für den Fall, dass es die richtige ist.*

Sie lächelte. *Danke, aber nein, wir müssen zusammen daran arbeiten. Vor allem, weil wir keine Ahnung haben, ob jemand die Aufgabe vielleicht besser gelöst und seinen Gefangenen bereits gefunden hat.*

Ihr Tier schnaubte. *Shane und sein Partner würden uns auf keinen Fall schlagen. Nur Getöse, kein Hirn.*

Hochmut kommt vor dem Fall, Drache. Außerdem bezweifle ich, dass die Anführer von Stonefire und Lochguard uns das hier leicht machen würden. Schließlich mussten sie beide sich mehr als ein paar Mal mit den verdammten Jägern und Rittern rumärgern. Es könnte realistischer sein, als wir erwarten, das heißt, die Grenze zwischen der Rettung des

Gefangenen und seiner Tötung könnte verdammt fein sein.

Allein die Erinnerung an Geschichten, wie die von Stonefires Beschützerin – eine Frau namens Charlie –, die von den Drachenjägern ausgeblutet worden war, ließ Honoria zittern. Sie fügte hinzu: *Skyhunter hatte vielleicht Marcus, aber jeder Clan hat seine eigenen Prüfungen und Tragödien.*

Deshalb ist es wichtig, zusammenzuarbeiten. Ich denke —

Ihr Tier hielt zur gleichen Zeit inne wie sie und Asher, als sie ein Flüstern hörten. Sie konnte die gemurmelten Worte nicht verstehen, aber sie konnte definitiv mindestens zwei Menschen oder Drachen-wandlerstimmen in der Nähe ausmachen.

Asher drehte sich um und stellte sich näher an ihre Seite. Beide lauschten, aber die Stimmen verschwanden sofort.

Entweder hatten sie mitten im Satz aufgehört zu reden, oder sie waren in einer schallgedämmten Struktur oder sogar in einer Art unterirdischem Tunnel verschwunden.

Ihr Drache sagte, *Ich glaube ein Tunnel. In ihrem Ton war kein Zögern zu hören.*

Normalerweise würde ich dich ja mit deinem Versuch, ein Experte für Stimmen zu sein, aufziehen, aber ich denke, du hast recht. Sie könnten sich allerdings auch in einem Gebäude befinden.

Dann gäbe es eine Art Geruch – nach Holz,

Farbe, Baumaterialien. Aber davon gibt es nichts. Ich glaube, es ist ein Tunnel.

Honoria nahm sich eine Sekunde und versuchte, irgendeinen Geruch wahrzunehmen, der in einem Wald fehl am Platz war. Und abgesehen von einem kleinen Hauch Plastik, hatte ihr Drache recht. Nichts deutete auf ein Gebäude in der Nähe hin.

Ihr Tier richtete sich in ihrem Kopf weiter auf. *Natürlich habe ich recht. Ich habe dir doch gesagt, dass ich gut in sowas bin.*

Honoria beugte sich zu Ashers Ohr und flüsterte so leise wie möglich: „Wir sollten uns aufteilen, sicherstellen, dass sonst niemand Wache steht, und herausfinden, wohin sie gegangen sind. Ich glaube, es ist ein Tunnel."

Er bewegte seine Lippen an ihr Ohr und erwiderte: „Dem stimme ich zu. Ich nehme die rechte Seite, du die linke. Wir treffen uns wieder hier, wenn wir fertig sind. Wenn niemand da ist, können wir nach einem versteckten Eingang suchen."

Mit einem Nicken ging sie nach links. Honorias Müdigkeit war, dank des Adrenalins, das gerade durch ihre Adern pumpte, verschwunden, und sie hatte keine Probleme, die Umgebung abzusuchen und auf Ungewöhnliches zu lauschen. Manch einer wäre dankbar für das zunehmende Tageslicht gewesen, aber sie nicht. Je eher sie den Eingang finden konnten – und sie war sich sicher, dass es einen gab –, desto eher konnten sie aus dem Wald verschwinden und die nächste Phase in Angriff nehmen.

Asher untersuchte seine Hälfte der Gegend und war fast enttäuscht, als er niemanden fand.

Sein Drache meldete sich zu Wort. *Es kann nicht immer aufregend sein.*

Ich weiß, aber es wäre schön, mehr zu tun, als nur jemanden zu suchen und zurückzubringen. Ein bisschen körperliche Betätigung würde uns auch wacher machen. Und nein, nicht diese *Art von körperlicher Betätigung. Kein Sex, bis das hier erledigt ist.*

Sein Tier schnaubte. *Ich wollte das gar nicht vorschlagen. Ich dachte vielmehr, du würdest gern wissen, dass ich vor einer Sekunde ein winziges Blitzlicht gesehen habe. Aber vielleicht bist du doch nicht interessiert.*

Asher hielt inne. *Wo war das?*

Glücklicherweise hielt sich sein Drache nicht zurück und machte es ihm auch nicht schwer. *Fünf Schritte rückwärts und dann sieh nach Nordwesten.*

Er ging zurück und blickte in die richtige Richtung. Und da sah er es. Ein kleines blitzendes weißes Licht. *Man sollte doch meinen, sie hätten daran gedacht, es abzudecken.*

Oder es könnte Teil des Wettkampfes und ein Trick sein.

Vielleicht. Aber lass uns schnell das letzte biss-

chen unserer Hälfte überprüfen und dann Honoria
suchen.

Asher bewegte sich so schnell er konnte,
vorsichtig darauf bedacht, so wenig Lärm wie
möglich zu machen. Weder er noch sein Drache
entdeckten sonst noch etwas Ungewöhnliches, was
bedeutete, dass das blitzende Licht sich wahrscheinlich dort befand, wo die beiden Stimmen
verschwunden waren.

Am ursprünglichen Ausgangspunkt sah er
Honoria schon warten. Manchmal vergaß er, wie
leise und schnell sie sein konnte.

Sobald er nahe genug war, dass er fast seine
Lippen an ihr Ohr drücken konnte, flüsterte er: „Ich
habe ein blitzendes Licht entdeckt. Könnte ein
Eingang sein. Hast du in deiner Hälfte was Ungewöhnliches entdeckt?" Sie schüttelte den Kopf, und
er fuhr fort: „Dann sollten wir uns das genauer ansehen. Bist du bereit? Oder wollen wir uns zuerst
ausruhen?"

Sie bewegte den Kopf, damit sie an seinem Ohr
antworten konnte: „Clan-Anführer dürfen nicht auf
eine günstige Zeit warten. Außerdem wird es einfacher sein, herumzuschleichen, wenn es draußen
noch dunkel ist. Lass uns gehen."

Natürlich hatte sie recht. Jeder, der Honoria für
zu schwach oder emotional hielt, um eine Clanführerin zu sein, weil sie eine Frau war, kannte sie ganz
offensichtlich überhaupt nicht.

Sein Drache grunzte. *Wir können ihre Tugenden*

später loben. Wenn wir hier weiter rumstehen, wer weiß, dann könnte Shane uns am Ende doch schlagen. Ich soll verdammt sein, wenn ich das zulasse.

Er und Honoria diskutierten schnell ihren Plan, und Asher führte sie dorthin, wo das weiße Licht langsam in der verbleibenden Dunkelheit aufblitzte. Der Gedanke war komisch, dass, wenn sie eine Stunde später hier gewesen wären, sie es vielleicht wegen des Morgenlichts verpasst hätten. Eine weitere Sache, für die er Honoria danken musste – dass sie beide gedrängt hatte, weiterzumachen. Er musste sich merken, das in Zukunft auch für sie zu tun. Sie war stark, aber manchmal brauchte sie auch seine Stärke.

Sie standen direkt neben dem blitzenden Licht, und Asher wartete darauf, dass Honoria das technische Wissen, das sie in Amerika bei ihrer Ausbildung erworben hatte, nutzte, um festzustellen, ob es ein Alarm war oder nicht. Und wenn ja, ob er ausgeschaltet werden konnte.

Nach ein paar Sekunden zog sie das Lämpchen heraus und warf es zur Seite. Sie flüsterte: „Ein Köder-Alarm. Nur ein blitzendes Licht in einer Plastikbox."

„Das heißt nicht, dass da nichts ist."

„Richtig, also bereite dich auf das vor, was drinnen sein könnte."

Sie machte sich daran, nach einer Tür zu suchen, aber er schob sie zur Seite und tat es selbst. Zweifellos würde sie ihn später dafür zurechtweisen, aber wenn es eine Falle war und es eine Waffe oder Explosion auslöste, konnte er nicht zusehen, wie Honoria verletzt wurde.

Sein Drache schnaubte. *Vielleicht sieht sie es nicht als ritterlich an.*

Zu schade.

Asher fand endlich eine versteckte Verriegelung, sah Honoria an und nickte.

Er atmete einmal tief durch und zog daran. Eine Tür schwenkte nach außen, und ein kaum beleuchteter Korridor wurde sichtbar.

Er zeigte auf seine Brust, hob einen Finger und zeigte dann auf den Gang. Honoria nickte, hob zwei Finger und zeigte auf ihre eigene Brust, was bedeutete, ja, er könne vorausgehen, zum Teufel. Allein der Gedanke, ihr könnte etwas passieren, ließ seinen Magen brennen.

Sein Tier meldete sich zu Wort. *Hör auf, dir Sorgen um sie zu machen, bis es nötig ist. Andernfalls wird diese Partnerschaft niemals funktionieren.*

Sei still, und konzentriere dich auf die Aufgabe.

Obwohl es keine Garantie gab, dass dies überhaupt der richtige Ort war, sagte Ashers Bauch ihm, dass er es war.

Was bedeutete, dass jeder Fehltritt sie disqualifizieren könnte, zum Beispiel, wenn sie von mysteriösen Wachen erwischt wurden. Er müsste Honoria vertrauen.

Asher ging den Gang hinunter, Honoria dicht auf seinen Fersen. Jenseits des gestampften Erdbodens und der gelegentlich flackernden Lichter hörte oder sah er nichts sonst. Aufgrund der veralteten Beleuchtung und der Flecken von korrodiertem Metall an den Wandstützen konnte er jedoch sehen, dass der Tunnel nicht neu war. Wahrscheinlich ein Relikt aus dem Zweiten Weltkrieg.

Der Korridor machte eine leichte Biegung, bevor er in eine steile Metalltreppe überging. Die Stufen waren vom Kondenswasser glitschig, also nahm er jede vorsichtig, da er nicht ausrutschen wollte.

Beide erreichten den Fuß der Treppe, nur um dort eine weitere Tür zu finden. Asher öffnete sie vorsichtig. In dem Moment, als er es tat, kam eine Reihe von Schreien von der anderen Seite.

„Essen, bitte, gib mir was zu essen! Ich habe seit Tagen nichts gegessen. Sag mir, du bringst mir was zu essen!"

„Wo ist meine Mummy? Ich will meine Mummy!" Schniefen. „Wo ist meine Mummy?"

„Ihr Bastarde werdet bezahlen, wenn mein Clanführer in Irland davon hört."

Die verschiedenen Bitten und Drohungen verstärkten sich nur noch, bis er sie kaum noch voneinander unterscheiden konnte.

Asher steckte den Kopf hinein und sah eine Reihe von Zellen, die Stimmen gehörten zu mehreren Gefangenen. Einige waren Männer, andere Teenager, und in einer war sogar ein kleines Kind.

Blitzartig kam Asher eine Erinnerung daran, wie

er halb in seine Zelle gezerrt worden war, vorbei an welchen mit Kindern und Jugendlichen. Alle hatten um Hilfe, Essen, Wasser und ihre Eltern gebettelt. Sie hatten ihn auch angefleht, dass, wenn er entkommen sollte, er sie rausholen sollte.

Damals hatte Asher gerade genug Energie gefunden, um einen Wächter und dann den anderen auszuschalten. Aber gerade, als er die Zelle hatte öffnen und die Kinder rauslassen wollen, hatte jemand einen Beruhigungsmittel-Pfeil auf ihn geschossen. Seine Vision war verblasst, eine Mischung aus weinenden Kindern und etwas, das er für sein eigenes Blut hielt, waren die letzten Dinge, die er gesehen hatte.

Auch aufzuwachen war nicht schön gewesen. Sein Cousin hatte Asher unmissverständlich wissen lassen, dass er gegen die Regeln verstoßen hatte. Obwohl sein Arm innerhalb weniger Tage geheilt war, hatte er nicht weniger wehgetan, als er gebrochen worden war.

Honorias Stimme drang durch seinen alptraumhaften Rückblick. „Asher, bist du bei mir? Asher!"

Auch sein Drache meldete sich zu Wort. *Ich bin auch hier. Du bist nicht* da, *wo ich dich nicht erreichen konnte.*

Er schüttelte den Kopf, um ihn klar zu bekommen, und sah Honoria an. „Tut mir leid! Ich werde schon klarkommen."

Neugier brannte in ihrem blauäugigen Blick, aber sie nickte nur und flüsterte: „Dann lass uns weitermachen. Vielleicht ist einer von ihnen der Mann, den wir suchen."

„Sei vorsichtig. Das hier könnte immer noch eine Falle sein."

Als sie gingen und in jeder Zelle nachsahen, tat Asher sein Bestes, um sich auf seine Aufgabe zu konzentrieren und nicht auf die Gefangenen. Sie sahen alle sauber aus, gut genährt und kein bisschen gefoltert, wie er es während seiner fünfjährigen Haft gesehen hatte.

Dass die Gefangenen schrien und sich so verhielten, war wahrscheinlich Teil ihrer Aufgabe. Sollte er feststellen, dass nicht, würde er einen Weg finden, sie zu befreien. Aber eins nach dem anderen; sie mussten den rothaarigen Mann auf dem Foto suchen. Laut Anweisungen mussten sie ihn zuerst finden und retten, bevor sie versuchten, anderen zu helfen. Sonst wären sie disqualifiziert.

Der schwierige Teil wäre, seine Erinnerungen in Schach zu halten. Soweit er wusste, war dieser Satz von Zellen erst der Anfang.

Sein Tier meldete sich zu Wort. *Du hast mich und Ria. Wir werden helfen.*

Bei den Worten seines Drachen verflüchtigte sich Ashers kleiner Panikanfall. Denn selbst wenn er noch etwas anderes sah, das einen Flashback auslöst, würde Honoria ihn zweifellos zurückbringen. Solange sie bei ihm war, würde er einen Weg finden, weiterzumachen.

Und das tat er.

Honoria wollte Ashers Hand nehmen, als sie die Gefängniszellen hinuntergingen, sowohl als Trost als auch als Erinnerung daran, dass er hier war und nicht in der Vergangenheit.

Sie könnte jedoch im Bruchteil einer Sekunde beide Hände brauchen. Also folgte sie einfach dicht hinter ihm, tat ihr Bestes, in die Zellen zu schauen und sich nicht von einem der flehenden Gefangenen ablenken zu lassen.

Aber das war natürlich leichter gesagt als getan. Die kleinen Kinder und Teenager waren am schwersten zu ignorieren. Selbst wenn sie nur eine Rolle spielten, sollten sie wahrscheinlich nicht in einer so feuchten Umgebung unter der Erde sein.

Ihr Drache meldete sich zu Wort. *Ich bin sicher, dass alles genau überwacht wird, wenn das wirklich alles für den Wettkampf ist.*

Das sollte es besser, sowohl für die Überwachung als auch für diese Aufgabe. Sonst haben wir keine Möglichkeit, den Clan zu kontaktieren, wenn das hier ein richtiges Versteck ist.

Doch, haben wir, als letzten Ausweg.

Der Notrufknopf lag schwer in ihrer Hosentasche. *Wenn es darum geht, diese Leute zu retten oder eine Aufgabe zu gewinnen, werde ich diese Leute retten.*

Und aufgeben?

Auf keinen verdammten Fall. Die anderen zu

Hause werden schon was zu hören bekommen. Denn wenn die Stonefire- und Lochguard-Anführer denken, dass es wichtiger ist, sich bis ins Kleinste an die Regeln zu halten, als Leben zu retten, dann sind sie nicht die Männer, für die ich sie gehalten habe.

Sie erreichten eine weitere Tür, und Asher hielt inne, sah sie an und hob fragend die Augenbrauen. Sie schüttelte den Kopf und ließ ihn wissen, dass sie den Mann mit den roten Haaren auf dem Foto noch nicht gesehen hatte.

Er schüttelte den Kopf und sagte dasselbe. Also deutete sie mit dem Kinn zur Tür.

Asher schob sie vorsichtig auf, aber anders als zuvor tauchten keine Geräusche auf. Das konnte Gutes verheißen, aber es konnte auch ziemlich schlimm sein.

Soweit sie wussten, enthielt der erste Gang die gesünderen Häftlinge, was bedeutete, dass die Kranken und Verletzten noch vor ihnen liegen konnten.

Ihr Drache sagte leise, *Selbst wenn das passiert, können wir damit umgehen.*

Ich hoffe es. Blut und Verletzungen waren noch nie mein Ding, deshalb habe ich ja auch Wirtschaft und Technologie studiert.

Als Asher sich bewegte, hörten Honoria und ihr Drache auf zu reden, um sich auf jeden Duft, jeden Ton und jeden Anblick nach dem kleinsten Hinweis zu konzentrieren, der vor ihnen liegen konnte.

Aber der gleiche feuchte Geruch sagte ihr nicht

viel, ebenso wenig wie die Beinahe-Stille. Nur das Brummen der alten Beleuchtung und ein entfernter Ventilator zur Lüftung drifteten ihr in die Ohren, was nicht allzu hilfreich war.

Das ovale Zimmer war leer, bis auf ein paar kaputte Stühle und anderen Müll, der wahrscheinlich älter war als sie.

Nach einer gründlichen Untersuchung, um sicherzustellen, dass es keine geheimen Riegel oder Türöffnungen gab, näherten sie und Asher sich einer weiteren Tür.

Mit jedem Schritt gingen sie wahrscheinlich tiefer in die Erde hinein. Honoria nahm einen langen, ruhigen Atemzug und rang ihre sprudelnde Panik nieder. Drachenwandler sollten nicht unter der Erde sein.

Und in diesem Augenblick verstand sie wirklich, was für eine Hölle es für Asher gewesen sein musste, fünf lange Jahre unter der Erde zu sein.

Ihr Tier grunzte. *Wir können die Vergangenheit nicht ändern. Es hat ihn stärker gemacht. Nichts sonst spielt eine Rolle.*

Asher kämpfte mit der größeren, schwereren Tür. Honoria griff mit zu, und zusammen schafften sie es, den Griff aufzustemmen und den Blick auf ein Mädchen im Teenageralter freizugeben, das an einen Stuhl gefesselt war, ihr Kopf war auf ihre Brust gesunken.

Sie war allein, und Honoria sah sich schnell im Raum um, bevor sie an die Seite des Mädchens eilte.

Sie atmete, und als Honoria ihre Wange berührte, rührte sie sich.

Ihre grünen Augen wurden groß, und sie wehrte sich gegen ihre Fesseln. Sie flehte, und ihr Akzent verriet, dass sie Waliserin war: „Bitte, ihr müsst mich hier rausholen! Sie haben meine Eltern. Und wenn ich sie nicht finde, könnte es zu spät sein. Bitte, sie werden sie töten, ich weiß es."

Das Mädchen war wie eine jüngere Version von Honoria. Außer, dass in ihrem eigenen Fall sie in Sicherheit gebracht worden und nicht in der Lage gewesen war, ihrer Mum und ihrem Dad zu helfen, als sie es gebraucht hätten.

Aber bei diesem Mädchen konnte sie vielleicht handeln und sie retten, um wiedergutzumachen, dass sie nichts für ihre eigene Familie getan hatte.

Honoria griff nach den Fesseln, aber Asher packte ihr Handgelenk. Er flüsterte: „Nein, wir können nicht."

Das Mädchen schniefte und fing an, über Eltern und etwas Unverständliches zu plappern.

Honoria ließ sie nicht hier – nein, konnte sie nicht hierlassen.

Ashers hielt sie fester, als ihr Drache sprach. *Ich weiß, dass du das willst, aber wir können nicht. Wenn wir das tun, ohne sicherzustellen, dass unser Ziel nicht hier ist, könnten wir bestraft werden.*

Jetzt interessierst du dich also mehr für den Sieg?

Das ist es nicht, und du weißt das.

Als sie die Tränen und die schwächer

werdenden Kämpfe des Mädchens beobachtete, schmerzte Honorias Herz. Konnte sie wirklich das Mädchen hierlassen und weitermachen?

Ashers Stimme war kaum ein Flüstern in ihrem Ohr. „Ich bin mir fast sicher, dass alles nur gestellt ist. Zuerst werde ich mit den Gefängniszellen bombardiert, und jetzt ein Mädchen, das Angst hat, dass ihre Eltern ermordet werden? Sie testen uns, Ria. Wir dürfen sie nicht gewinnen lassen."

Ashers Worte drangen durch ihre Verzweiflung, das Mädchen zu retten. Dass etwas aus ihrer beider Vergangenheit gekommen war, eine nach der anderen, war ein zu großer Zufall.

Einer, der ihr jedoch nie aufgefallen wäre, wenn Asher nicht darauf hingewiesen hätte. Und selbst jetzt sah sie das junge Mädchen mit großen Augen an und wollte, dass sie half.

Sie atmete tief durch, richtete sich auf und zog sich von dem Teenager zurück. Während das junge Mädchen weiter kämpfte und schluchzte, wandte sich Honoria wieder einer verdammten Tür zu. Sie sagte: „Komm."

Mit jedem Schritt, den sie zur Tür machte, hoffte Honoria nur, dass sie die richtige Entscheidung getroffen hatte.

Ihr Tier meldete sich zu Wort. *Wenn das hier wirklich eine Drachenjäger- oder eine Drachenritterhöhle ist, dann finden wir einen Weg, jeden zu retten. Aber was Asher gesagt hat, ergibt Sinn. Es würde mich nicht überraschen, wenn jeder Kandidat mit*

149

schwierigen Aspekten seiner Vergangenheit und/oder seinen Ängsten konfrontiert würde, vor allem, da jeder von uns vom MDA gründlich überprüft wurde. Das ist die perfekte Möglichkeit, um zu testen, wie ein Drachenwandler unter Druck funktioniert.

Vielleicht, aber manchmal passieren Zufälle. Ich werde nicht ausschließen, dass diese Leute wirklich Gefangene sind, bis ich Fraser MacKenzie sehe.

Na schön. Lass uns weiter gehen und sehen, ob er hier ist.

Sowohl sie als auch Asher waren nötig, um die etwas kleinere, aber klemmende Tür zu öffnen. Sie wappnete sich für eine weitere düstere Szene und blinzelte, als sie den rothaarigen Mann in einem Stuhl sitzen sah, die Arme vor der Brust verschränkt und pfeifend. „Wurde aber auch verdammt nochmal Zeit", sagte er mit schottischem Akzent.

Sie hatten ihr Ziel gefunden – Fraser MacKenzie.

Asher war froh, dass er herausgefunden hatte, was los war, und noch mehr, dass Honoria ihm glaubte.

Dass sie für ihn in der Reihe von Zellen da gewesen war und er sie bei dem kämpfenden, schluchzenden Teenager unterstützt hatte, bestätigte nur, wie gut sie nicht nur zusammenarbeiteten, sondern auch wie sie sich gegenseitig ausbalancierten.

Sein Drache meldete sich zu Wort. *Was bedeutet, dass, selbst wenn wir einen Alptraum haben, Honoria da sein wird, um uns zu beruhigen, genau wie heute.*

Da er keine ernsthafte Diskussion über sich und Honoria führen wollte, konzentrierte er sich darauf, noch eine verdammte Tür zu öffnen.

Natürlich machte es ihn wütend, dass der Schotte pfiff und sich darüber beschwerte, dass sie erst jetzt da waren. Er würde diesen Bastard gern sehen, wie er drei Tage lang mit wenig Schlaf durch die Hölle ging, und wie es ihm dann gefiele, wenn auch noch jemand frech wurde.

Sein Tier grunzte. *Lass dich nicht von ihm provozieren. Unser Job ist es, ihn zurück zu Skyhunter zu bringen.*

Honoria sprach zuerst. „Vielleicht sollten wir später wiederkommen, damit Sie diese unterirdische Landschaft noch ein bisschen länger genießen können."

Fraser schnaubte. „Ein Mädel mit Feuer! Wenn ich nicht schon glücklich gepaart wäre, würde ich sagen, dass es mir gefällt und vielleicht versuchen, dich davon zu überzeugen, bei mir zu bleiben."

Der Schotte zwinkerte, und Asher konnte sein Knurren nicht zurückhalten. „Jetzt ist nicht die richtige Zeit zu flirten. Kommst du freiwillig, oder muss ich dir in den Arsch treten und dich über meine Schulter werfen?"

Der Mann hob eine Augenbraue. „Ich bin vielleicht kein Beschützer, aber wenn ich lernen musste, mich bei meiner Schwester zu behaupten, kann ich sicherlich auch mit dir umgehen."

Honoria sprang ein. „Wir geben dir zehn Sekunden, um zu uns zu kommen und bereitwillig mitzugehen. Wenn nicht, werden wir die Aufgabe erledigen, ganz gleich, was nötig ist."

Fraser zuckte mit den Schultern und machte es sich in seinem Stuhl nur bequemer. „Die Stille war anfangs nervtötend, aber ich gewöhne mich langsam daran. Eine kleine Zeit länger bringt mich nicht um."

Er tauschte einen Blick mit Honoria aus. Sobald sie ihre Augen zu Fraser und zurück hatte zucken lassen, verstand er. Der Drachenmann würde erwarten, dass Asher derjenige war, der ihn rauszerrte, nicht Honoria. Asher musste den verdammten Mann nur ablenken.

Sein Tier meldete sich zu Wort. *Davon weiß ich nichts. Seine Schwester ist Faye MacKenzie, oder? Sie ist Mit-Hauptbeschützerin von Lochguard, was bedeutet, dass er Frauen wahrscheinlich nicht unterschätzt wie die meisten Männer.*

Ria wird nicht direkt zu ihm gehen und dem Bastard ins Gesicht schlagen. Ich vertraue darauf, dass sie einen Plan hat.

Sein Tier verstummte zustimmend, was ihm recht gut gefiel.

Asher stellte sich Fraser und legte die Hände in die Hüften. „Wenn du dich wie ein Kind benimmst, dann behandle ich dich wie eines. Lass mich langsam bis zehn zählen, und wenn du deinen traurigen Arsch nicht hier rüberbekommst, dann holen wir dich auf die eine oder andere Weise raus."

Fraser schnaubte. „Ich bin das Opfer. Ihr solltet nett zu mir sein, Aye?"

Asher zuckte mit den Schultern. „Was wäre, wenn du von den Jägern einer Gehirnwäsche unterzogen wurdest und glaubtest, du sollst bleiben? Nett zu sein, ist nicht immer die beste Politik. Beginnen wir mit dem Countdown. Zehn .... neun ... acht ..."

Während er fortfuhr, legte Honoria eine Hand hinter ihren Rücken. Aus dem Augenwinkel sah er, wie sie ihre Krallen ausfuhr. Obwohl er lächeln wollte, richtete er weiter seine Aufmerksamkeit auf Fraser und zählte in einem verärgerten Ton weiter herunter.

Er erreichte die Eins, und Fraser blieb sitzen.

Honoria griff zu, ihre Krallen auf Frasers Schwanz und Eiern. Sie musste zugedrückt haben, denn Fraser schrie auf. Der schottische Drachenwandler fluchte und fragte: „Was zum Teufel machst du da?"

Honoria musste sogar noch mehr Druck ausgeübt haben, denn Frasers Stirn glänzte mit einem schwachen Schimmer. Sie zuckte mit einer Schulter. „Hattest du nicht gesagt, du hast eine Schwester?"

„Aye, habe ich, aber Krallen an jemandes Genitalien zu legen, ist gegen die Regeln."

Sie beugte sich nach vorn, ihr Ton intensiv. „In der wahren Welt gibt es nicht immer Regeln."

Sein Tier sagte: *Sie ist fantastisch.*

Wem sagst du das?

Asher räusperte sich und ging einen Schritt auf die beiden zu. „Wir dürfen niemanden tödlich verletzen, aber ich bin sicher, dass Ria ein bisschen Spaß haben könnte, ohne ernsthaft Schaden anzurichten. Soll ich sie mit dir allein lassen, damit sie noch überzeugender sein kann, oder kommst du freiwillig mit uns mit?"

„Als hätte ich eine verdammte Wahl", brummte Fraser.

Honoria schnaubte. „Das hast du, obwohl die meisten Männer an bestimmten Körperteilen hängen. Damit sie intakt bleiben, denke ich, dass du mit uns kommst."

Fraser winkte mit der Hand und signalisierte Honoria, sie solle die Krallen wegnehmen. „Ich komme, sobald du mich loslässt, verdammte Frau." Honoria tat es, und Fraser grunzte. „Hilfe bei der Auswahl des nächsten Führers, hat Finn gesagt. Es wird lustig, und du kannst sie provozieren, so sehr du willst, hat er gesagt. Aye, nun, das ist für eine ganze Weile das letzte Mal, dass ich auf meinen schleimigen Cousin hören werde."

Sobald Fraser stand, sah Asher Honoria an und fragte: „Willst du vorn oder hinten übernehmen?"

„Oh, ich gehe nach hinten. Leichter Zugang, um

zwischen seine Oberschenkel zu stechen, falls ich ihn daran erinnern muss, sich zu benehmen."

Asher grinste sowohl über ihre Worte als auch über die tiefe Finsternis in Frasers Gesicht. „Klingt gut für mich. Jetzt komm. Wer weiß, ob es nicht vielleicht noch was gibt, das uns auf dem Weg nach draußen testen wird." Fraser öffnete den Mund, doch Asher kam ihm zuvor. „Und nein, ich werde nicht auf dich hören. Sei einfach still, und ich werde versuchen, Ria davon abzuhalten, dich zum Eunuchen zu machen."

Fraser seufzte, aber Asher ignorierte ihn und nickte Honoria zu, um sie wissen zu lassen, dass er darauf vertraute, dass sie ihm den Rücken freihielt. Dann ging er zur Tür und öffnete sie langsam. Das Teenagermädchen von vorhin war jedoch weg.

Nicht nur das, sondern sobald sie die Reihe der Gefängniszellen erreichten, waren auch die alle leer.

Wer auch immer für dieses falsche Versteck verantwortlich war, war zumindest gut organisiert, gelinde gesagt.

Er war gerade dabei, die vorletzte Tür zu öffnen, die zu den Stufen hinauf führte, als ein Knall durch den Raum hallte. Asher signalisierte mit der Hand, stehenzubleiben, und drückte ein Ohr an die Tür. Obwohl sie dick genug sein mochte, um Geräusche für menschliche Ohren fernzuhalten, hörte er ein paar Stimmen auf der anderen Seite, aber keine Schritte auf der Metalltreppe.

Zumindest noch nicht.

Er sah Fraser an und flüsterte: „Versuch zu flie-hen, und ich werde alles tun, um dich zu über-wältigen."

Fraser schüttelte den Kopf. „Es sollte keine weiteren Hindernisse für diesen Standort geben. Na ja, es sei denn ..."

Honoria hakte nach: „Es sei denn, was? Zeit ist von entscheidender Bedeutung."

Fraser sah Asher an, dann Honoria, und wieder zurück. „Alle drei Teams hatten die gleichen Infor-mationen, die sie zu diesem Ort führen sollten. Es gibt jedoch drei Treppen, die zu drei verschiedenen Szenarien führen. Je nachdem, wer sich dem Eingang näherte, hätten sich versteckte Paneele verschoben, um das jeweilige Paar zur richtigen zu führen. Keiner der anderen sollte in der Lage sein, die für euch vorgesehene Treppe hinunterzugehen."

Asher fluchte. „Was bedeutet, dass eines der anderen Teams die Regeln brechen könnte, und wer weiß, was zum Teufel es tut, um den Preis zu bekom-men. Wenn sie einen der anderen Teilnehmer bedroht haben, dann wurde ihnen möglicherweise gezeigt, wie sie die verschiedenen Treppen errei-chen." Er zeigte nach hinten zu der Zellenreihe. „Es gibt einen kleinen Platz weiter hinten, wo sie uns von diesem Eingang aus nicht sehen können. Schnell, lasst uns dahin gehen und uns einen Plan zurechtlegen."

Glücklicherweise beschwerte sich Fraser nicht, und sie eilten alle zu dem kleinen toten Winkel hinter dem Raum. Fraser wurde gegen die hintere Mauer gedrückt, mit Asher und Honoria davor, sodass sie bei Bedarf hinausspringen und angreifen konnten.

Er bewegte den Kopf zu Honorias Ohr und flüsterte: „Hast du einen Plan?"

„Tatsächlich habe ich das."

Er hörte zu und fand es brillant. Jetzt mussten sie nur noch warten.

Kapitel Neun

Während Honoria auf denjenigen wartete, der kommen würde, wer auch immer es war, bemühte sie sich, ruhig weiterzuatmen und bereit zu sein.

Sie wusste nicht, ob ihr Plan funktionieren würde oder nicht, aber sie war sich sicher, dass mindestens ein anderes Paar die Regeln umgangen hatte.

Auch wenn keiner von ihnen töten oder jemanden tödlich verletzen durfte und sie nur eine Person für ihre Aufgabe retten konnten, gab es keine Regeln, laut denen es verboten war, andere zu zwingen, einem Informationen zu geben. Sie hoffte nur, dass es nicht einer der jüngeren Teilnehmer war.

Denn wenn doch, sollte ein solcher Drachen- mann, der bereit war, jemanden – und erst recht Kinder, wenn man bedenkt, wie sehr Drachenwandler sie schätzten – für eine Befragung zu verletzen, niemals Clanführer sein.

Ihr Tier meldete sich zu Wort. *Wird er nicht. Nicht, wenn ich was dazu zu sagen habe.*

Kein Töten. Das weißt du.

Ihr Drache schnaubte. *Die Mühe würde ich mir nicht machen. Es sei denn, sie verletzen ein Kind. Dann muss ich ihnen vielleicht eine Lektion erteilen.*

Die Tür am anderen Ende des Raumes öffnete sich, und der Luftstrom brachte eine Vielzahl neuer Düfte mit sich.

Einer war ein männlicher Geruch, den sie sofort erkannte. Shane Farhall war hier.

Obwohl er intelligent genug war, nicht zu sprechen, bedeutete es für Honoria, dass er seinen Geruch nicht verschleierte, dass sie ihren Plan speziell auf Shane zuschneiden konnte.

Die leisen Schritte einer Person näherten sich, bis sie etwa auf halbem Weg den Flur hinunter sein musste. Sie atmete tief durch, eilte in Shanes Sichtlinie und tat so, als sei sie nervös. „Was machst du denn hier?"

Shane knurrte: „Was, versteckt sich King, damit seine Schlampe ihn beschützen kann?"

Ihr Drache brüllte in ihrem Kopf, aber Honoria warnte ihn schnell, er solle sich beruhigen, bevor sie mit einer absichtlich schwankenden Stimme antwortete: „Ich kann auf mich selbst aufpassen."

Ein grausames Grinsen verzog Shanes Mundränder. Der Anblick brachte ihren Drachen dazu, dem

159

Mann den Schwanz abschneiden zu wollen, aber glücklicherweise versuchte ihr Tier nicht, Honoria die Kontrolle entreißen.

Shane sagte: „Mal sehen, wie weit ich gehen kann, ohne die Regeln zu verletzen. Es wird Zeit für dich zu lernen, dass Frauen zu schwach sind, um zu führen, geschweige denn Beschützer zu sein. Davon wird es nichts geben, wenn ich diesen Wettbewerb gewinne."

Sie schwor, ein Knurren hinter sich gehört zu haben – obwohl sie nicht wusste, ob es von Asher oder Fraser kam –, und beschloss, vorzutreten und Shanes Fokus so lange wie möglich festzuhalten. Sie musste trotzdem einen Weg finden, Asher wissen zu lassen, dass Shane allein in den Raum gekommen war. Nur dann konnte sie ihren dramatischen Schritt machen und ihren Partner dazu bringen, ihr zu helfen.

Für den richtigen Effekt wich sie einen Schritt zurück. „Wo ist dein Partner?"

„Ich brauche ihn nicht, um dich zu erledigen, Wakeham. Das mache ich allein. Aber bevor ich das tue, warum sagst du mir nicht, wo dieser Fraser-Bastard ist? Wenn du das tust, dann könnte ich etwas sanfter zu dir sein."

Sie wollte ihn provozieren, da Shanes Jähzorn ihn immer überstürzter handeln ließ, also sagte sie: „Kannst ihn also selbst nicht finden, verstehe. Das ist nicht gerade das, was ich als Führermaterial bezeichnen würde."

Shane kniff die Augen zusammen und kam näher. „Sagt die Frau, die zu viele Jahre mit diesem Stiefmütterchen-Clan in Amerika verbracht hat. Drachen sind stärker ohne die Menschen. Ich werde dafür sorgen, dass die anderen Anführer das letzten Endes wissen."

Ihr Tier brüllte wieder, aber Honoria antwortete Shane schnell. Sie brauchte ihn noch etwas instabiler. „Sobald ihre falsche Geisel deine Taten meldet, werden sie dich nicht mehr auswählen. Nur weil du diese Runde gewinnst, heißt das nicht, dass ihr die ganze Sache gewonnen habt."

„Das sagst du, aber wenn ich erwähne, wie eines der anderen Paare das schottische Arschloch am Ende getötet hat und ich ihn so vorgefunden habe, dann wird niemand Bescheid wissen."

Bei dem intensiven Hass in Shanes Augen, atmete Honoria ein. Der Drachenmann war nicht klar im Kopf und hätte es nicht so weit schaffen sollen. Selbst wenn die anderen Anführer nur versuchten, alle Teilnehmer mit mehr Konkurrenz unter Druck zu setzen, hätten sie doch sicherlich die Zeichen lesen und weitere Vorkehrungen treffen sollen, um Extreme wie Mord zu verhindern.

Ihr Drache meldete sich zu Wort. *Mach noch einen Schritt zurück, und Asher wird helfen. Lass ihn wissen, wie weit Shane von dir entfernt ist.*

„Zwei Meter sind nah genug, Shane. Bleib zurück!"

„Halt die Klappe, Schlampe! Sag mir, wo der

schottische Bastard ist! Je länger du brauchst, um mir zu antworten, desto mehr Schmerz wirst du spüren."

Für den Bruchteil einer Sekunde wand sich ein echter Faden der Angst in ihr Herz. Sie würde Shane jedoch nicht allein angreifen. Sie wusste, dass sie und Asher zusammen gewinnen würden.

Sie mussten es.

Anstatt Shane also zu antworten, machte Honoria einen weiteren Schritt zurück und signalisierte damit, dass es Zeit für ihren Partner sei zu handeln.

Und dann brach die Hölle los.

Nur weil Asher Honoria vertraute, bekämpfte er seinen Instinkt, ihr zu helfen. Natürlich, als Fraser wegen etwas, das Shane sagte, beinahe geknurrt hätte, hätte es fast ihren ganzen Plan in Gefahr gebracht.

Aber auch Honoria musste das Knurren gehört und ihre Taktik angepasst haben. Selbst als sie einem Drachenmann gegenüberstand, der sie vermutlich hätte töten können, hatte sie sich darauf konzentriert, Asher wissen zu lassen, dass Shane allein war, bevor sie sich daran machte, ihn zu provozieren.

Obwohl sie keine Kriegerin war, wusste Honoria, wie sie sich zusammenreißen konnte, wenn es darauf ankam.

Sie wäre eine verdammt erstaunliche Anführerin.

Sein Tier meldete sich zu Wort. *Mit uns. Gemeinsam arbeiten wir am besten.*

In diesem Moment erreichte Honoria jedoch den Punkt im Raum, der Asher signalisierte, er solle nicht länger warten, sondern zuschlagen. Sie duckte sich, als er vorwärts sprang, und er schrie, als er Shane zu Boden warf.

Während sie rollten, einander drängten und schoben, verschwendete er keinen Gedanken daran, ob die anderen ihren Teil beitrugen. Er hatte Vertrauen in Honoria.

Als Shane sein Gesicht kratzte, verbannte das Gefühl der Kralle an seiner Haut die Gedanken an seinen Plan und erinnerte ihn stattdessen an eine andere Zeit und einen anderen Ort. Einen, wo er an einem Stuhl gefesselt gewesen war, während zwei Drachenmänner abwechselnd ein K in seine Brust schnitzten, bevor sie die Wunde mit heißem Metall versiegelten.

Aber anstatt sich in der Erinnerung zu verlieren, stärkte es diesmal seine Kraft. Skyhunter verdiente Besseres als das. Shane würde wahrscheinlich in Marcus Kings Fußstapfen folgen, und er sollte verdammt sein, wenn er das jemals zuließe.

Shane Farhall würde nie Anführer sein, solange er lebte.

Niemals.

Im Kampf mit dem Mann unter sich presste

Asher seinen Unterarm gegen Shanes Kehle und hielt ihn fest. „Ich werde dich nicht töten, aber bist du bereit, dich zu ergeben?"

Shane gurgelte seine Antwort: „Niemals."

Krallen gruben sich in Ashers Rücken, und er schrie. Er erhöhte jedoch nur den Druck an Shanes Hals. Nicht um ihn zu töten, sondern um ihn hoffentlich auszuschalten.

Er grub seine Krallen tiefer, und Shanes Gesicht begann, sich in seinen Drachen zu verwandeln.

Scheiße, vielleicht war der Mann verrückt. Asher legte jede Dominanz, die er besaß, in seine Stimme. „Du bringst den Tunnel zum Einstürzen und tötest uns alle."

Der Idiot wandelte weiter, Flügel sprossen ihm aus dem Rücken.

Mit einem Fluch riss Asher Shanes Krallen aus seinem Rücken, sprang weg und ging zur Hintertür. Honoria stand im Eingang, mit Entsetzen in ihrem Gesicht, als Shane weiter wandelte.

Sie trat beiseite, und Asher tauchte in das Nebenzimmer. „Schließ die Tür! Jetzt!"

Honoria und Fraser machten sich daran, das zu tun, und schlossen sie gerade, als ein lauter Krach von der anderen Seite kam. Asher wartete, um zu sehen, ob die Tür gegen das plötzliche Gewicht der einge-stürzten Erde halten würde, und obwohl sie ein paar Mal knarzte, brach sie nicht und platzte auch nicht auf.

Er versuchte, sich aufzusetzen, und schrie, als ein

intensiver, scharfer Schmerz durch seinen Körper explodierte. Ohne den Kampf um Leben und Tod sagte ihm sein Körper, er solle es ruhig angehen lassen.

Honoria tauchte auf der einen Seite auf und Fraser auf der anderen. Fraser sprach zuerst. „Verdammte Hölle, wollte er dich töten?"

Honoria senkte ihr Gesicht näher an seins und fragte: „Was hast du für Verletzungen?"

Einer seiner Mundwinkel zuckte hoch. „Sind jetzt praktisch quitt."

„Hör auf, Ash. Ich kann dir nicht helfen, wenn ich nicht weiß, was los ist."

„Er hat mir in den Rücken gestochen, aber ich weiß nicht, wie schlimm." Er drehte sich um und biss die Zähne gegen den Schmerz zusammen, bis er auf seiner Seite lag. Obwohl seine Vision begann zu verschwimmen, fügte er hinzu: „Sorry, Ria. Ich werde bald keine große Hilfe mehr sein. Aber ich weiß, dass du uns retten kannst."

„Rede nicht so, als würdest du mich verlassen! Ich steche dir in die Wunden, wenn ich muss."

„Das wirst du nicht ..."

Er war unfähig, noch länger bei Bewusstsein zu bleiben, und die Welt wurde schwarz.

Tränen drohten zu fallen, doch Honoria zwang sie

erfolgreich zurück. Weinen würde keinem von ihnen helfen.

Zumal der sogenannte Notrufknopf bisher unter Tage nutzlos war – er verließ sich auf Funktürme, und sie hatte noch keinen Verstärker in den Tunneln gesehen –, was das Planungsteam hätte erkennen müssen. Bis sie näher an der Oberfläche waren, würden sie wirklich auf sich allein gestellt sein.

Sie versuchte, nicht in Panik zu geraten, als Asher bewusstlos wurde, riss ihm das Hemd herunter und keuchte. Shane hatte mehrmals auf ihn eingestochen, und es wäre ein Wunder, wenn er nicht etwas Wichtiges getroffen hätte.

Sie sah Fraser an und fügte jede Dominanz in ihre Stimme, die sie aufbringen konnte. „Was sind die Sicherungsprotokolle für diesen Ort?"

Der Trotz von vorhin war verschwunden, als Fraser antwortete, ohne zu zögern. „Angenommen, die Beschützer, die den Ort beobachten, werden kompromittiert, dann ist der andere einzige Notfall-plan ein geheimer Tunnel, dessen Eingang im Nebenzimmer ist. Er sollte zu einem Raum mit Notfallpersonal führen."

„Dann hol sie!"

Fraser rührte sich nicht. „Nicht, bis wir ihn nach nebenan gebracht haben, nur für den Fall, dass das Gewicht der Erde die Tür eindrückt. Wer auch immer dieser Drachenmann war, er war verdammt verrückt."

Da sie nicht an den Drachenmann denken

wollte, der Asher tödlich verwundet haben könnte, deutete sie auf die obere Hälfte ihres Partners. „Du trägst seinen Oberkörper, und ich nehme die Beine."

Irgendwie schafften sie es, Asher in den Nachbarraum zu bringen. Es gab zwar kein Bett, aber einen Tisch, und sie legten Asher vorsichtig auf den Bauch.

In der Sekunde, in der er lag, zwang sie sich, von Ashers Verletzungen wegzusehen, und durchbohrte Fraser mit einem dringenden Blick. „Wo ist diese Tür?"

Der Schotte trat zur Seite und tastete einen bestimmten Bereich an der Wand ab, bis ein Panel klickte. Er schob es auf und fluchte. „Es sollte jemand auf der anderen Seite dieser Tür sein. Das sieht nicht gut aus, Mädel."

Ein lautes Knarren kam aus dem Nebenraum. Nicht gut. Die Tür könnte jeden Moment nachgeben. „Hast du irgendwelche medizinische Erfahrung?"

„Tut mir leid, nein. Ich bin Architekt von Beruf."

„Verdammt!" Sie sah auf Ashers blasses Gesicht. „Lass uns versuchen, ihn sauberzumachen und einen festen Verband um seinen Oberkörper zu wickeln, damit er nicht noch mehr blutet."

Fraser deutete zu einem abgenutzten Metallschrank in einer Ecke. „Da drin sind ein paar Dinge." Er ging zum Schrank und öffnete die Schublade. „Ein kleines Erste-Hilfe-Set, Wasser und ein paar Energieriegel."

„Bring mir das Set und das Wasser. Zum Teufel, bring auch die Snacks mit. Ich glaube nicht, dass Ash so bald aufwacht, aber falls er es tut, braucht er die Kalorien, um schneller zu heilen."

Drachenwandler heilten schnell, aber sie besaßen weder Magie noch waren sie Wunderwirker. Asher konnte immer noch sterben.

Ihr Tier meldete sich zu Wort. *Er ist auch zu stur, um zu sterben. Vor allem, weil der Sex-Score immer noch zu unseren Gunsten liegt. Er wird aufwachen, um ein Comeback zu feiern, da bin ich mir sicher.*

Dankbar für den Versuch ihres Drachen, die Stimmung etwas zu lockern, verbannte Honoria ihre Ängste und machte sich an die Arbeit, Ashers Verletzungen so gut sie konnte zu säubern.

Sobald sie damit fertig war, ging sie zu der offenen Tür zu dem Raum zwischen dem eingestürzten Teil und ihrem Standort, stieß sie zu und schloss sie ab. „Zumindest sollte das eine weitere Barriere sein, um uns hoffentlich zu schützen." Sie wandte sich Fraser zu und fügte hinzu: „Jetzt müssen wir Hilfe finden. Wie lang ist dieser Tunnel? Und was ist auf der anderen Seite?"

„Er ist ziemlich lang, fürchte ich. Und wenn dieser verrückte Bastard die anderen hier unten nicht verletzt hat, dann besagen die Protokolle, dass sie in einem der drei Besprechungsräume entlang des Tunnels sein sollten."

Honoria nickte. „Wir müssen gehen und sie hoffentlich finden."

Ihr Blick wanderte zu Ashers regungsloser Gestalt. Es wäre besser, wenn sie und Fraser zusammen nach den anderen suchen würden, aber das bedeutete, sie müssten ihn zurücklassen.

Und das wollte Honoria nicht tun. Er könnte sterben, und er hatte es nicht verdient, allein zu sterben.

Ihr Tier meldete sich zu Wort. *Hör auf mit dem verdammten Unsinn. Er ist stark. Nachdem er fünf Jahre als Gefangener überlebt hat, wird er jetzt nicht aufgeben.*

Es wird nicht eintreffen, nur, weil du das sagst.

Wir müssen glauben. Ansonsten, wenn wir uns vom schottischen Drachenmann trennen und er Shanes Partner trifft, wer weiß, was mit dem Mann passiert. Und wenn er nicht in die Besprechungsräume kommt, würde es unser aller Untergang bedeuten.

Ihr Drache hatte recht.

Sie lehnte sich an Ashers Ohr und sagte: „Ich werde nicht lange weg sein, versprochen. Und dir sollte es besser gut gehen, wenn ich zurück bin. Ich habe dir noch das ein oder andere zu sagen." Ihre Stimme wurde weicher. „Eins davon ist übrigens danke."

Seine Stirn zu küssen gab ihr den Mut, aufzustehen und Fraser anzuschauen. Sie befahl: „Geh voraus, und wir suchen Hilfe."

Zwanzig Minuten später ballte Honoria die Hände zu Fäusten, als sie den zweiten Sitzungsraum verließen. Sie hatten noch keine andere Seele gefunden, und jede Minute, die verging, war eine weitere, die Ashers Leben nehmen konnte.

Sie wusste jedoch, dass es nichts bewirken würde, Fraser anzuschreien, also liefen sie schnell weiter durch den Tunnel und richteten alle Sinne auf die kleinste Veränderung.

Ihr Tier meldete sich zu Wort. *Können wir nicht den Notruf benutzen, um Hilfe zu rufen?*

Ich glaube, wir sind immer noch zu weit unter der Erde, und ich habe nichts gesehen, was das Signal verstärken oder übertragen könnte, auch nicht in den Konferenzräumen. Ich habe nicht mal ein verdammtes Telefon in einem der Räume gesehen.

Wenn wir nah genug sind, um den Knopf zu benutzen oder einen Anruf zu tätigen, wirst du es tun?

Ja. Die Führung ist nicht so viel wert wie Ashers Leben.

Ihr Tier summte. *Da stimme ich zu. Wenn er geheilt und wieder gesund ist, wirst du ihn vielleicht als unseren Gefährten nehmen.*

Ihr gefiel, dass ihr Tier nicht sagte, *falls* Asher durchkam. Obwohl immer noch die Möglichkeit bestand, dass er es nicht schaffte, glaubte sie, positive Gedanken halfen irgendwie.

Ein Klopfen hallte plötzlich durch den Tunnel. Sie und Fraser blieben beide stehen. Der Klang ergab ein Muster, aber selbst mit dem kleinen Morsecode, den sie als Kind gelernt hatte, erkannte sie es als etwas anderes.

Fraser richtete sich ein bisschen mehr auf und schmunzelte. „Das ist Gregor. Komm."

Sie hielt mit Frasers Tempo Schritt. „Wer?"

„Dr. Gregor Innes. Er war Lochguards Chefarzt, bis er eine Drachenwandlerin in Stonefire gepaart hat. Aber dieser Code ist etwas, das Clan Lochguard für Notfälle entwickelt hat. Es ist brillant, weil es für jeden anderen Unsinn ist, aber für mich spricht es Worte."

„Sag mir, dass es gute Nachrichten sind."

Er nickte. „Es ist im Grunde ein Aufruf an alle Lochguard-Teilnehmer, in den dritten Besprechungsraum zu kommen, den wir noch nicht gesehen haben. Wir sollten mindestens einen Arzt dort finden."

Ein kleiner Hoffnungsschimmer erfüllte ihr Herz. „Dann müssen wir uns beeilen, damit Dr. Innes Asher helfen kann. Und obwohl ich dankbar bin, aber was ist mit den anderen, die nicht aus Schottland sind? Werden sie einfach auf sich allein gestellt sein?"

Honoria dachte an das Teenager-Mädchen, das sie vorhin auf die Probe gestellt hatte. Ihr Akzent hatte sie als Waliserin zu erkennen gegeben.

Fraser begann zu laufen. Sie hielt Schritt, als er

antwortete: „Natürlich nicht, das ist lächerlich. Jeder Clan in Großbritannien hat seinen eigenen Code. Nun, scheinbar außer Skyhunter. Ich bin sicher, dass jeder sich abwechselnd von den jeweiligen Clans meldet und die Leute wissen lässt, wohin er gehen soll."

„Es wäre einfacher, einen universellen zu haben."

„Aye, vielleicht jetzt. Aber denk daran, dass wir alle vor nicht allzu langer Zeit Feinde waren."

Sie dachte nicht, dass Fraser absichtlich Skyhunter einen Stich versetzte, aber es schmerzte dennoch.

Ihr Drache meldete sich zu Wort. *Aber nicht mehr. Die anderen kommen bald.*

Ich wünschte, ich könnte Ja sagen, aber angesichts des Chaos dieser Prüfung könnte das MDA immer noch entscheiden, dass Skyhunter nicht stabil genug ist, und uns auflösen.

Dann kämpfen wir dagegen. Skyhunter ist es wert, gerettet zu werden. Es ist wieder ein Zuhause.

Fraser lief um eine Ecke und blieb dann schlitternd vor einer großen Metalltür mit Rostspuren stehen. Er klopfte an die Tür, jemand klopfte zurück, und er antwortete mit einem weiteren Klopfen. Auch wenn der Austausch nicht länger als eine halbe Minute gedauert haben konnte, aber jedes Klopfen machte Honoria ungeduldiger. Asher könnte sterben, und der Arzt, der ihm helfen konnte, war damit beschäftigt, einen komplizierten Code zu verwenden.

Honorias Temperament ging nicht oft mit ihr durch, aber es drohte, es jetzt zu tun.

Doch schließlich öffnete sich die Tür und enthüllte einen großen Mann, etwa vierzig, mit blonden Haaren. Er sprach mit einem schottischen Akzent, „Fraser." Er sah hinüber. „Und Honoria. Ich bin Dr. Innes. Wo ist Ihr Partner?"

Sie verschwendete keine Zeit. „Asher wurde verletzt und ist bewusstlos. Bitte, Sie müssen mit uns zurückkommen und ihm helfen. Er könnte sterben."

Eine jüngere Frau mit kurzen, dunklen Haaren trat neben Dr. Innes. Sie sprach mit einem nordenglischen Akzent. „Niemand geht ohne mich. Ich bin Brenna, und wir sollten uns alle duzen. Wir können uns später ausführlicher vorstellen, aber ich bin Beschützerin."

Ihr Drache blühte auf. *Ein weiblicher Beschützer. Sie existieren also.*

Natürlich tun sie das. Still jetzt!

„Na schön, der ganze verdammte Raum kann kommen, wenn es das ist, was es braucht." Sie legte Dominanz in ihre Stimme. „Aber lasst uns gehen. Jetzt. Ich werde Asher nicht sterben lassen, weil ein paar Leute entschieden haben, dass Plaudern wichtiger ist."

Brenna lächelte und ging in den Tunnel, vor allen. „Ich mag dich jetzt schon. Komm, ich weiß, wo alle Räume entlang dieses Tunnels sind, und werde dafür sorgen, dass er noch sicher ist."

Honoria fing an zu rennen, in der Hoffnung, der Arzt würde mithalten. Sie konnte es sich nicht verkneifen, Brenna gegenüber auszuspucken: „Warum versteckt ihr euch alle in diesem Raum? Ihr wisst doch sicherlich, dass ein Teil des Tunnels eingestürzt ist und wir eure Hilfe brauchten."

Brenna zögerte nicht. „Die Kameras waren deaktiviert, und wir mussten durch die Räume gehen. Die meisten Beschützer sind damit beschäftigt, einen der Regelbrecher zu beaufsichtigen. Ich durfte die anderen nicht verlassen, es sei denn, es gäbe einen bekannten Notfall. Wir dachten nicht, dass so viele Beschützer notwendig wären."

„Ich glaube, bei dieser ganzen Sache ist eine Menge vermasselt worden." Sie erzählte Brenna von Shane, dem Kampf und dem Wandeln innerhalb des Tunnels, bevor sie fragte: „Wer dachte, verlassene Tunnel zu nutzen, wäre eine gute Idee?"

Brenna schüttelte den Kopf. „Man konnte ja nicht ahnen, dass ein blöder Drachenmann idiotisch genug ist, sich in einem Tunnel zu wandeln. Wenn es jemand so weit in den Prüfungen geschafft hat und so verrückt war, dann ist das die Schuld der anderen, die euch getestet haben."

„Aber seid ihr nicht auch aus Stonefire?"

„In gewisser Weise. Ich gehöre zu Stonefire, aber mein Gefährte ist der Bruder von Clan Glenloughs

Anführerin. Ich arbeite manchmal für beide, je nach Bedarf."

Glenlough war der Clan in Irland, der von der Drachenwandlerin Teagan O'Shea geleitet wurde.

Brenna fuhr fort, bevor Honoria etwas sagen konnte. „Genau genommen durften Clans aus der Republik Irland bei all dem nicht helfen. Aber ich komme ja ursprünglich aus Stonefire, also gab es auch einen Weg für meine Schwägerin. Teagan, Bram und Finn wollen die Beziehungen zwischen den Drachenclans in der Zukunft stärken, und wer am Ende Skyhunter führt, ist für all das von entscheidender Bedeutung. Deswegen bin ich hier."

Sie spürte, dass hinter ihrer Erklärung mehr steckte, aber sie gelangten schließlich zurück zu dem Ort, an dem Honoria und Fraser ihre Suche begonnen hatten, und sie verdrängte ihre Neugier. Honoria stellte sich vor Brenna. „Lass mich zuerst nachsehen. Wenn Asher wach ist und ein unbekanntes Gesicht sieht, könnte er dich angreifen."

Brenna musterte sie eine Sekunde lang, bevor sie nickte. „Okay. Aber ich bin direkt hinter dir."

Der Arzt holte sie endlich ein, aber Honoria tastete um die Wand herum, bis sie den Riegel für die Geheimtür fand. Sie öffnete sie langsam, bis sie in den Raum sehen konnte. Asher saß am Tisch, hatte den Kopf kaum von der Brust gehoben.

Er lebte!

„Asher!" Sie stieß die Tür auf und rannte an seine Seite. Seine Augen fanden ihre, und der

Schmerz, den sie da sah, verdrehte ihr Herz. „Schhh, ich habe einen Arzt. Er wird dir helfen können."

Dr. Innes trat neben sie und begann, Ashers Wunden zu untersuchen. Honoria wich einen Schritt zurück, aber Asher streckte eine Hand aus und ergriff ihre. Seine Stimme war leise, als er sagte: „Verlass mich nicht, Ria."

„Niemals, Asher. Ich werde dich niemals verlassen."

Und auch wenn manche vielleicht dachten, dass sie es nur wegen der Intensität der Situation sagte, meinte Honoria es ernst.

Sie waren vielleicht älter und anders, aber sie liebte ihn genauso, wenn nicht sogar mehr, wie als Teenager.

Die einzige Frage war, ob sie noch eine Chance hätten, gemeinsam zu regieren, oder ob Ashers Verletzungen ihn lähmten und er nicht mehr in Betracht gezogen würde.

Ihr Tier knurrte. *Denk nicht so! Der Arzt ist hier. Wir haben alles getan, was die Koordinatoren wollten und mehr. Die anderen Drachenführer sollten das zumindest begreifen.*

Honoria hatte immer noch ihre Zweifel, aber sie konnte es vor ihrem Drachen verbergen. Stattdessen hielt sie Ashers Hand die ganze Zeit in ihrer, während der Arzt ihm half, und ließ Asher mit Blicken wissen, wie sehr sie sich um ihn sorgte.

Was hätte sie nicht dafür gegeben, Zeit allein mit

ihrem Drachenmann zu haben. Sie hatte jedoch das Gefühl, dass es bis dahin noch lange dauern würde.

Kapitel Zehn

Es dauerte Tage, bevor Asher wach und allein mit Honoria war. Der verdammte schottische Arzt führte Tests durch, hielt die meiste Zeit Besucher fern und hatte Asher sogar einen ganzen Tag lang im Koma gehalten, damit sein Körper schneller heilen konnte.

Und in den kurzen Momenten, in denen er Honoria gesehen hatte, war sie immer in Gesellschaft anderer gewesen. Was bedeutete, dass er immer noch nicht die Gelegenheit hatte, sie an sich zu ziehen – verdammter Schmerz – und sie zu küssen, als gäbe es kein Morgen.

Nur, dass sie sich geeinigt hatten, in der Öffentlichkeit keine Zärtlichkeiten auszutauschen, und er würde sein Wort nicht brechen. Aber wenn er eine verdammte Minute allein mit ihr bekommen könnte, könnte er vielleicht neu verhandeln. Das würde sein wildes Tier zufriedenstellen,

das immer wieder wegen ihrer Frau herum-
hämmerte.

Nicht, dass er Honoria nicht auch wollte. Aber
seine menschliche Seite verstand Skyhunters ange-
spannte Situation. Soweit er wusste, gab es vielleicht
in naher Zukunft kein Skyhunter mehr, in dem sie
leben konnten. Und er wollte eins, auch wenn er es
am Ende vielleicht nicht anführte. Mehr als alles
wollte er sich mit Honoria niederlassen und einen
Neuanfang machen.

Asher hatte diesen Gedanken wohl nicht geheim
gehalten, denn sein Drache grunzte. *Sie sollte uns
gehören. Ich verstehe nicht, warum du dir immer
wieder Möglichkeiten einfallen lässt, es hinauszuzö-
gern. Selbst wenn wir sie nicht mit unserem Schwanz
beanspruchen können, könnten wir es mit Küssen
oder Worten tun.*

Er konnte sich einfügen und sagen, es sei wichtiger, mit den anderen Clanführern und dem MDA zu
sprechen. Sie hatten immer noch nicht herausgefunden, was mit Skyhunter passieren würde, da sich
niemand die Mühe gemacht hatte, ihn oder jemand
anderen davon wissen zu lassen.

Er brannte jedoch danach, mit seiner Frau zu
reden.

Ja, seiner. Nachdem er dort gelegen hatte, kaum
bei Bewusstsein geblieben war, während Honoria
mit ihm im Tunnel sprach, hatte er sich selbst einge-
standen, dass er sie wieder liebte, weit mehr als in
seiner Jugend. Und da seine Vision verschwommen

und schwarz geworden war, war sein letzter Gedanke gewesen, dass er ihr nie die Wahrheit sagen könnte.

Er antwortete, *Ich will sie beanspruchen, aber es gibt eine Zeit und einen Ort dafür, Drache. Wir werden nicht sterben. Wir haben Zeit.*

Sein Drache grunzte. *Ich verstehe deine menschliche Denkweise nicht. Doch sie sollte bald hier sein. Wenn Ria nicht bald kommt, werden wir keine Zeit mit ihr allein haben. Noch einmal:*

Ihre SMS, dass sie hier sein würde, ist erst vor ein paar Minuten gekommen.

Die Tür öffnete sich und brachte Mensch und Tier zum Schweigen.

Honoria hatte ihr Haar hochgesteckt und zeigte damit ihren anmutigen Hals und einen Kiefer, an dem Asher knabbern wollte. Das enge Oberteil betonte ihre Kurven, ebenso wie die Jeans, die sich tief um ihre Hüften schmiegte.

Was hätte er nicht dafür gegeben, sie aus diesen Klamotten zu bekommen!

Sie lächelte ihn an und kam zu seinem Bett. „Du bist wach und blickst nicht finster drein. Das ist ein guter Anfang!"

Sein Drache schnaubte. *Wenn sie nach unten schaute, würde sie sehen, warum wir nicht finster blicken.*

Halt die Klappe, Drache.

Als sein Tier kicherte, konzentrierte er sich auf seine Frau. Er nahm ihre Hand und küsste deren

Rücken, wobei er kaum das leichte Ziepen in seinem Rücken bemerkte. Ihre weiche, warme Haut unter seinen Lippen machte seinen Schwanz nur härter.

Es schien, als wären bestimmte Teile von ihm in einwandfreiem Zustand.

Er antwortete schließlich: „Entschuldige meine Blicke. Ich habe nur über ein Dutzend Stichwunden abbekommen, weißt du. Manche müssen übrigens immer noch heilen."

Sie hob eine goldene Braue. „Ich habe dich in den ersten Tagen mit reichlich Mitgefühl überschüttet. Aber du heilst gut, also hör auf, immer weiter danach zu fischen."

Einer seiner Mundwinkel zuckte hoch. „Es gibt so viele Dinge, die ich an dir liebe, Mädel."

Auch wenn der Kommentar beiläufig war, erkannte Asher, dass er mehr sagen wollte, als dass er nur bestimmte Aspekte an Ria liebte. Nein, er liebte die Frau vor sich. Für ihren Mut, ihre Stärke, ihren Humor und vieles mehr.

Sein Tier summte. *Dann sag es ihr.*

Angesichts seiner jüngsten Tortur und seiner fünfjährigen Gefängnisstrafe versuchte Asher, die Momente zu nutzen, wie er nur konnte. Er wusste mehr als die meisten anderen, dass der morgige Tag nicht garantiert war.

Und doch, als Honoria neben seinem Bett stand und in seine Augen starrte, die Chance zum Pflücken reif, lag seine Zunge schwer in seinem Mund.

Sein Drache schnaubte. *Warum? Sie könnte uns*

gehören. Sag es ihr einfach. Ich bin mir sicher, sie empfindet genauso.

Honorias Stimme unterbrach seine Antwort. „Was hat Mr. Drache jetzt wieder zu sagen?"

Sein Tier knurrte. *Sag es ihr.*

Asher grunzte. „Will einfach nur herumkommandieren, wie üblich."

Honoria schmunzelte, und ihre Schönheit ließ sein Herz höher schlagen. Er wollte sie. Nicht nur für Sex – für den er es kaum abwarten konnte, wieder geheilt zu werden –, sondern auch als seine Gefährtin. Alles war besser, einfacher, heller, wenn sie in der Nähe war.

Sie antwortete: „Es mag dir nicht gefallen, aber ich finde es amüsant. Der große, böse Asher, der es geschafft hat, mehrere Stichwunden zu überleben und irgendwie nichts Wichtiges beschädigt zu haben, braucht sicherlich etwas Demut. Sonst könntest du dich noch für unbesiegbar halten."

Er hob eine Augenbraue, einer der wenigen Körperteile, die nicht schmerzten, wenn er sie bewegte. „Ich bin nicht fünfzehn und darauf aus zu beweisen, dass ich ein erwachsener Mann bin. Mir ist durchaus bewusst, dass ich nicht unbesiegbar bin." Er nahm ihre Hand und drückte sie. „Aber lass uns jetzt nicht scherzen. Jemand könnte jederzeit durch diese Tür kommen, und es gibt Dinge, über die wir reden sollten."

Sie sah ihm in die Augen. „Was möchtest du mir sagen, Ash?"

Sein Herz schlug schneller. Das war es. Er musste Honoria sagen, dass er sie als seine Gefährtin haben wollte. Und selbst wenn es zu früh für sie wäre, könnten sie wenigstens versuchen, zusammenzuleben, damit er sie davon überzeugen konnte, wie richtig es war.

Gerade als er den Mund öffnete, um den Sprung zu wagen, kam der schottische Drachenmann Dr. Innes in den Raum, gefolgt von den Stonefire- und Lochguard-Anführern.

Ashers Leben schien mit schlechtem Timing verflucht zu sein.

Aber die Schar von Männern fing an zu reden, bevor er ein Wort dazwischen bekam.

Honorias Zeit allein mit Asher hatte nicht länger als ein paar Minuten gedauert, sie hatte ihn nicht einmal küssen können, bevor jemand anderes hereinstürzte.

Immer schien jemand reinzuplatzen.

Wenn sie tatsächlich Clan-Anführerin wäre, würde es ihr nichts ausmachen. Zumindest gäbe es in dem Fall einen Grund und einen Zweck hinter all den Unterbrechungen.

Aber sie schwor, dass die Leute immer wieder ihre Köpfe hereinsteckten, um sicherzustellen, dass sie beide noch da und am Leben waren. Obwohl sie nichts von Gefahren für sie oder andere innerhalb des Clans gehört hatte, war vielleicht irgendeine

Bedrohung von Shane Farhalls Partner gekommen. Der Mann war derzeit in Haft und in den Händen der Beschützer.

Ihr Tier meldete sich zu Wort. *Ich hoffe, er hat endlich allen vom Ausmaß seines und Shanes Verrats erzählt.*

Ich wünschte, ich wüsste es. Im Dunkeln zu sein, ist Mist. Selbst wenn wir nicht Anführer werden dürfen, will ich nur wissen, was zum Teufel los ist.

Ihr Tier schnaubte. *Sie vertrauen uns immer noch nicht.*

Vielleicht. Aber wenn du das MDA oder einer der anderen Drachenführer wärst, könntest du ihnen einen Vorwurf machen?

Bevor ihr Drache antworten konnte, grunzte Dr. Innes, und seine Stimme füllte den Raum. „Ich denke, es ist noch zu früh für Asher, um sich mit Besuchern wie euch beiden zu beschäftigen."

Finn hob die Augenbraue, als wäre er beleidigt. „Oh, komm, Innes. Ich bin der charmanteste Mann, den du kennst."

Bram seufzte. „Nein, wir werden nicht schon wieder damit anfangen." Er richtete den Blick auf den Arzt. „Ich werde gleich kurz auf den Punkt kommen. Außerdem werden die Monitore dich wissen lassen, ob seine Gesundheit in Gefahr ist."

Der Arzt grunzte wieder, diesmal lauter. „Also gut. Aber wenn du seinen Zustand in irgendeiner Weise verschlimmerst, dann setze ich mich als Arzt durch und du bleibst hier, bis ich etwas anderes sage."

Auch wenn es stimmte, dass Ärzte zu den wenigen Mitgliedern eines Drachen-Clans gehörten, die dem Clanführer Befehle erteilen konnten, erinnerte sich Honoria an niemanden, der Marcus King gesagt hatte, was er tun sollte. Es war faszinierend, das zu sehen.

Ihr Drache warf ein: *Ich bin mir sicher, sobald wir einen neuen Chefarzt hier haben, kann er dazu überredet werden, dasselbe zu tun.*

Selbst wenn sie nicht die Anführer wären, doch das blieb unausgesprochen.

Mit einem letzten finsteren Blick auf Bram und Finn verließ Dr. Innes den Raum.

Asher ergriff das Wort, bevor es jemand anderes konnte. „Wiederholen wir nicht das letzte Mal, dass wir uns getroffen haben, indem ihr herumscherzt und euch Zeit lasst, auf den Punkt zu kommen. Sagt mir einfach, was ihr zu sagen habt."

Brams Mundwinkel zuckte hoch. „Also kein Beschönigen, verstehe. Das ist gut, denn das, was ich zu sagen habe, ist nicht einfach."

Honorias Magen verdrehte sich zu Knoten. Sie hatte keine Ahnung, ob Bram ihnen sagen würde, dass Skyhunter aufgelöst werden sollte, oder ob er sie darüber informieren würde, dass sie nicht das Recht auf die Führung gewonnen hatten, oder vielleicht etwas, das viel schlimmer war, als sie sich vorstellen konnte. Egal, keine der Optionen war gut.

Aber wenigstens konnte sie vielleicht endlich Skyhunters Schicksal erfahren.

Bram fuhr fort: „Euer Clan befindet sich auf wackligem Boden, wie zuvor. Dieser Idiot Farhall hat sich selbst getötet und ein paar unserer Leute verletzt, indem er in einem Tunnel gewandelt hat." Er schüttelte den Kopf. „Wer wandelt in einem verdammten Tunnel?"

Honoria sagte: „Ihr habt uns dort hingebracht, denk daran!"

„Aye, das haben wir", sagte Bram.

Finn sprang ein. „Das verrückte Arschloch im Rennen zu behalten, war ein Fehler, genau wie ich gesagt habe. Vielleicht bist du nächstes Mal auf meiner Seite, Bram, anstatt dich mit den anderen Anführern und sogar dem MDA zu verbünden."

Bram hob eine Hand. „Darüber kannst du später mit mir streiten. Ich will hier nicht länger verweilen oder Innes' Zorn riskieren." Er konzentrierte sich wieder auf Honoria und Asher. „Obwohl das MDA Skyhunter aufgrund des chaotischen, gefährlichen Ergebnisses der Wettkämpfe ursprünglich auflösen wollte, haben wir sie davon überzeugt, Skyhunter eine letzte Chance zu geben." Er zeigte auf sie beide. „Ihr beide bekommt diese Chance. Es wird eure Aufgabe sein, alles aufzuräumen und damit anzufangen, Fortschritte im Clan zu zeigen. Wenn ihr die festgelegten Termine oder Ziele nicht einhalten könnt, wird das MDA die Entscheidung über die Auflösung überdenken, und kein Zureden von mir oder meinen Kollegen wird ihre Meinung ändern."

Grunzend richtete Honorias Drache sich in ihrem Kopf hoch auf. *Ich wusste, dass wir es schaffen können.*

Sie ignorierte ihr Tier und teilte einen Blick mit Asher. Obwohl es eine Menge Dinge zu erledigen gab, konnte sie nicht anders, als zu lächeln. „Wir haben es geschafft!"

Aber wenn sie auf ein Lächeln gehofft hatte, kam es nicht. Asher zog die Brauen zusammen. „Wann fängt es an?"

„Jetzt", antwortete Bram. „Innes wird es nicht gefallen, aber eure Clan-Mitglieder reden schon darüber, was mit Farhall passiert ist. Lass sie eine Woche lang ohne Führung, und wenn auch nur, damit du heilen kannst, und ich garantiere, dass die Leute eine Panik auslösen und vielleicht sogar in Scharen fliehen werden. Nicht, dass ich nicht gerne mehr Leute in meinem Clan habe, aber ich hätte lieber einen Verbündeten hier unten, im Süden. Denn wenn nicht, stürzen sich die Drachenjäger auf die Gelegenheit und wachsen wie Unkraut in den südlichen Countys. Und damit will ich mich nicht auseinandersetzen."

Eine Million Gedanken rannten durch Honorias Kopf, aber sie zwang sich, zu nicken und zu antworten: „Dann werden wir uns darum kümmern." Sie sah zu Asher zurück. „Wann wirst du stark genug sein, dass wir den Clan gemeinsam ansprechen?"

„Heute Abend."

Es lag ihr auf der Zunge, ‚auf keinen verdammten Fall' zu sagen, aber rational wusste sie, dass Asher fast geheilt war. Er musste in naher Zukunft vielleicht Physiotherapie bekommen, aber er konnte ein paar Schritte laufen und zehn Minuten stehen.

Nicht, dass es ihr gefallen würde, ihren Mann leiden zu sehen.

Ihr Drache meldete sich zu Wort. *Er hat schon schlimmer gelitten. Er ist stark und wird tun, was erforderlich ist.*

Asher sprach erneut. „Wenn ihr zwei jetzt alles mit den Beschützern arrangiert, um heute Abend ein Clan-Treffen abzuhalten, könnten wir ein bisschen Zeit allein haben."

Finn zwinkerte. „Aye, ich vermute, das könntet ihr."

Sie wollte nicht, dass ihre Wangen vor dem schottischen Anführer brannten, sondern nickte nur zum Abschied. Als die beiden weg waren, wandte sie sich an Asher. „Wir haben es geschafft! Die Wahrheit muss immer noch bei mir ankommen, aber wir haben es geschafft!"

Er deutete aufs Bett, und sie setzte sich neben ihn. Er nahm ihre Hand und küsste den Handrücken. „Ja, wir haben es geschafft! Und auch wenn ich bereit bin, fast jede wache Stunde damit zu verbringen, Skyhunter wieder auf Kurs zu bringen, muss ich dich jetzt küssen, Ria. Komm her."

Da das Bewegen seines Oberkörpers immer noch schmerzhaft war und leicht einen Krampf im Rücken auslösen konnte, beugte sich Honoria über ihn, bis ihre Lippen eine Haarbreite von seinen entfernt waren. Sie starrte in seine Augen, die Hitze und der Triumph ließen ihre Haut auf eine gute Weise brennen, und da traf es sie. Asher wäre ihr Partner, um den Clan zu führen, aber sie wollte mehr als das.

Honoria wollte ihn als ihren besten Freund, ihren Geliebten, ihren Partner in allen Belangen.

Der Drang, ihn das wissen zu lassen, sprudelte in ihr hoch. Ihr Tier summte. *Sag es ihm. Jetzt. Solange wir die Gelegenheit haben. Er gehört uns, und er sollte es wissen.*

Bevor sie sich aufhalten konnte, sagte sie: „Ich liebe dich, Asher King."

Mit einem Knurren überwand Asher die Distanz und küsste sie.

Asher wünschte sich aus vielen Gründen, wieder ganz und gesund zu sein. Der Clan – Korrektur, sein und Honorias Clan – brauchte viel Arbeit und Sorgfalt, bevor sie ihn zügeln und wieder aufblühen lassen konnten. Ganz zu schweigen davon, dass sie so schnell wie möglich mit verschiedenen Anführern vorübergehende Bündnisse schließen müssten, egal wie nervig sie auch sein mochten.

Jessie Donovan

Doch gleich, nachdem Honoria gesagt hatte, dass sie ihn liebte, wollte Asher gesund sein, damit er seine Frau beanspruchen und ihr sagen konnte, dass er dasselbe fühlte.

Er wollte sie, brauchte sie, hatte allmählich Probleme, sich eine Zukunft ohne sie vorzustellen.

Da er sie noch nicht beanspruchen konnte, ohne seine Verletzungen noch schlimmer zu machen, riskierte Asher das leichte Ziepen, um den Abstand zwischen ihren Lippen zu schließen und sie zu küssen.

Sie öffnete sich sofort, und er nahm sich Zeit für Streicheleinheiten, Kosten und Erkundungen ihres Mundes. Jedes Lecken schickte Hitze durch seinen Körper, direkt zu seinem Schwanz.

Sein Drache summte. *Sie könnte uns reiten. Das würde uns nicht wehtun oder unseren Zustand verschlechtern.*

Wir können nicht. Nicht, bis mit dem Clan alles geklärt ist.

Doch, das können wir. Später. Jeder braucht mal eine Pause.

Da er seine Frau so gut wie möglich schätzen wollte, ignorierte er seinen Drachen und zog Honoria näher. Obwohl es weniger als eine Woche her war, seit er sie nackt in den Armen hatte, kam es ihm wie Jahre vor.

Verdammt, er wollte sie mehr als alles andere. Vielleicht sogar mehr als die Führung.

Aber als ihre Finger die K-förmige Narbe auf

seiner Brust berührten, kamen Erinnerungen an alles zurück, was unter der Herrschaft seines Onkels geschehen war.

Der Schmerz, die Manipulation, die Angst. Familien waren auseinandergerissen worden, Leben aus unbedeutenden Gründen genommen und vieles mehr.

Er durfte nicht zulassen, dass das jemals wieder passierte.

Als er sich zurückzog, suchte Honoria seinen Blick. „Was ist los?"

„Du sollst wissen, dass ich dich liebe, Ria. Und ich wünschte, ich könnte dich hier und jetzt für mich beanspruchen, die Außenwelt vergessen und unsere eigene Glücksblase erschaffen. Aber wir können nicht. Die Narbe an meiner Brust ist eine Erinnerung an das, was passiert ist, und ich will, dass sich das nie mehr wiederholt. Niemals. Also vergib mir, Liebes. Ich darf dich eine Weile nicht küssen und genießen, bis wir die Dinge ein bisschen mehr geklärt haben."

Honoria lächelte, der Anblick erwärmte sein Herz. „Das war eine ziemlich langatmige Art, mir zu sagen, dass du mich liebst."

Er runzelte die Stirn. „Das hast du daraus entnommen? Hast du den Teil überhört, in dem ich sagte, dass ich dich wahrscheinlich für eine Weile vernachlässigen und ignorieren muss, bis die Dinge mehr unter Kontrolle sind und wir nicht am Abgrund der Auflösung stehen?"

Sie streichelte das Haar an seiner Stirn, die Wärme ihrer Finger beruhigte seine negativen Gefühle. „Wir wussten, worauf wir uns einlassen. Und ich stimme zu, dass der Clan für eine Weile an erster Stelle stehen muss." Sie beugte sich vor, und ihr heißer Atem kitzelte sein Ohr. „Aber wir müssen auch auf uns aufpassen, Ash. Sag mir nochmal, dass du mich liebst."

Seine Stimme war rau in seinen eigenen Ohren, als er sagte „Ich liebe dich, Honoria Wakeham. Weit mehr, als ein Teenager es jemals könnte. Und sobald ich kann, werde ich es dir auf jede erdenkliche Weise beweisen."

Ihr Lächeln wurde breiter. „Das ist alles, was zählt, und ich kann so lange wie nötig warten." Sie küsste ihn langsam, und er ließ sie für ein paar Sekunden die Kontrolle übernehmen. Dann zog sie sich zurück und fügte hinzu: „Und vielleicht ist es gut, dass wir vorerst nicht mit voller Kraft darangehen können. Ich bin mir nicht sicher, ob ich meinen Drachen zurückhalten kann, und das Letzte, was wir brauchen, ist, dass du wieder verletzt wirst."

Er schnaubte. „Gebrochen von Drachenlust würde wahrscheinlich nicht gut beim Arzt ankommen."

„Wahrscheinlich nicht." Wieder küsste sie ihn. „Aber du solltest wissen, dass ich an jede Möglichkeit denke, wie ich dich nehmen kann, sobald wir Zeit haben und du gesund bist. Einige der Ideen meines Drachen könnten sogar dein Tier erröten lassen."

Sein Drache schnaubte. *Sie kann mir keine Angst machen. Jetzt muss ich mir nur schmutzigere Dinge ausdenken, die ich mit ihr anstellen kann.*

Er lachte. „Großartig, jetzt gibt es einen Wettstreit zwischen unseren Tieren, wer der Versauteste sein kann. Wir werden vielleicht nicht viel Mitsprachrecht bekommen, bis sie es geklärt haben."

„Hmm, das werden wir sehen. Aber mein Drache weiß, dass ich die Erste sein werde, die den Mann beansprucht, den ich liebe, nicht er."

Hast du das gehört, Drache? Ich werde dasselbe tun.

Sein Tier grunzte. *Das werden wir sehen.*

Dr. Innes platzte in den Raum. Der verdammte Mann machte das immer wieder, und Asher fragte sich, ob er eine Kamera im Raum hatte, die ihn warnte, sobald ein Patient versuchen sein könnte, etwas zu tun, das er nicht tun sollte.

Honoria wich jedoch nicht von ihrer Position neben ihm. Und dafür liebte er sie noch mehr.

Als er Honoria Kreise auf den Rücken rieb – scheiß drauf, dass sie keinen Austausch von Zärtlichkeiten in der Öffentlichkeit wollten – meldete sie sich zu Wort. „Ja, Doktor? Wir haben keine Regeln gebrochen, und Asher geht's gut, also bin ich mir nicht sicher, warum Sie hier sind."

Dr. Innes verdrehte die Augen. „Aye, Anführer zu sein passt zu Ihnen. Ich denke, es ist eine

Jessie Donovan

verdammte Voraussetzung für jeden Anführer, stur zu sein und meine Geduld auf die Probe zu stellen."

Asher räusperte sich. „Was brauchen Sie Dr. Innes?"

Der andere Mann antwortete: „Die anderen beiden Anführer haben erwähnt, dass Sie heute aus diesem Raum müssen. Also bin ich hier, um Sie ein letztes Mal zu untersuchen und Ihnen strenge Anweisungen zu Ihrer Genesung zu geben, die Sie sicher nicht befolgen werden."

Da Asher ohnehin schon zu viel Zeit im Gefängnis verloren hatte, sprach er nicht um den heißen Brei herum, wenn er es vermeiden konnte. „Ich bin nicht dumm, aber ich werde Grenzen überschreiten. Sagen Sie mir, was ich absolut nicht tun darf, ohne einen Rückfall oder, schlimmer noch, permanenten Schaden zu riskieren."

Der andere Mann zögerte nicht. „Kein Fliegen, Ende der Geschichte. Ich bin mir nicht sicher, wie der Schaden an Ihrem Rücken Ihre Flügel in Mitleidenschaft gezogen hat. Wenn Sie das erste Mal wandeln, will ich dabei sein."

Nach so vielen Jahren, in denen er nicht hatte fliegen können, bekam ihm der Gedanke nicht gut, wieder für unbestimmte Zeit an die Erde gebunden zu sein. „Das werde ich nicht, aber wann kann ich es versuchen?"

Dr. Innes sah das Paar an. „Wir werden sehen, Aye? Ich vermute, Sie werden sowieso eine Weile mit Clan-Angelegenheiten beschäftigt sein. Ich bitte

Sie nur um eine offene Kommunikation mit mir.
Wenn ich anrufe oder schreibe, antworten Sie. Wenn
Sie das nicht tun – außer in irgendeinem Clan-
Notfall – dann werde ich rund um die Uhr einen
Beschützer bei Ihnen stationieren, der als mein
Verbindungsmann fungiert. Und er wird auch nicht
aus diesem Clan kommen, also hört er auf meine
Autorität, nicht Ihre."

Honoria ergriff das Wort und fragte: „Sie sind
ganz schön hart, oder?"

Der Arzt hob seine blonden Augenbrauen.
„Wenn man es mit Clanführern zu tun hat, muss
man das sein."

Auch wenn er Dr. Innes' Anordnung nicht
genau befolgen wollte, bewunderte er den Mann für
seine Hingabe. Bei diesem Gedanken hatte er eine
Idee. „Was würden Sie dazu sagen, uns bei der
Auswahl eines Chefarztes für Skyhunter zu helfen?"

Gregor blinzelte. „Ach, Aye? Sind Sie sich da
sicher? Ich habe so das Gefühl, dass die Leute hier
keine Außenseiter mögen."

Honoria sagte: „Nein, ich denke, es ist eine brillante Idee. Ash und ich werden die endgültige
Entscheidung treffen, aber wir müssen jemanden
ernennen, der engagiert ist und das Risiko eingehen
wird, uns bei Bedarf herumzukommandieren, wie
Sie es getan haben."

Dr. Innes nickte. „Ich bin interessiert, aber kann
ich meine Gefährtin herholen, um mir zu helfen? Sie
hatte wahrscheinlich mehr mit den anderen engli-

schen Drachenwandlerärzten zu tun als ich. Und ich denke, vorerst wird Ihr Clan einem englischen Drachenwandler mehr vertrauen, als jemandem aus anderen Teilen Großbritanniens."

Dr. Innes' Gefährtin war ebenfalls Ärztin. Und nicht irgendeine Ärztin, sondern Stonefires Chefärztin. Sie war in Stonefire, da sie wegen ihrer Schwangerschaft nicht mehr reisen konnte.

Er und Honoria nickten einander zu, bevor Asher antwortete: „Ihre Gefährtin ist auch hier bekannt. Wenn sie hilft, wird es eine noch bessere Wahl werden, da bin ich mir sicher."

Einer von Dr. Innes' Mundwinkeln hob sich. „Sagen Sie ihr das nicht, Aye? Sonst höre ich mir das ohne Ende an."

Nachdem er seine Abschlussuntersuchung beendet und ein paar weitere Anweisungen erteilt hatte – Ash sollte jede intensive körperliche Aktivität für ein paar Tage einschränken –, ging der schottische Arzt.

Er begegnete Honorias Blick und fragte: „Also, bist du bereit, dich an die Arbeit zu machen?"

Sie küsste ihn und antwortete: „Mehr als alles andere. Unser erstes Meeting heute Abend wird extrem wichtig sein. Also müssen wir aufhören, einander zu küssen und zu berühren, um uns darauf zu konzentrieren. Natürlich nicht, dass ich das will, aber wenn wir das jetzt nicht festnageln und anfangen, Vertrauen zu wecken oder uns Vertrauen zu verdienen, kann unsere Führung zum Scheitern verurteilt sein, bevor sie überhaupt beginnt."

Er stimmte ihr zu. Und während Asher sein Bestes tat, um an der Rede zu arbeiten und zu koordinieren, wie sie das Meeting leiten würden, stibitzte er sich hier und da ein paar Küsse. Schließlich halfen Ablenkungen manchmal, das Gehirn neu zu starten.

Und er konnte es nicht abwarten, mehr zu tun, als seine Drachenfrau abzulenken. Asher freute sich darauf, sie zu entführen und für ein paar Stunden ihre ganze Welt zu sein.

Kapitel Elf

Vor dem Clan-weiten Meeting in der großen Halle in Skyhunter hatten sich Honoria und Asher zuerst mit den Beschützern getroffen. Da Asher in Skyhunter geblieben war und wusste, wer dem Clan treu geblieben war und wer sich für Marcus King entschieden hatte, hatte Honoria ihm die Wahl des obersten Beschützers Robin Driscoll überlassen.

Asher und Robin waren zusammen inhaftiert gewesen, und was noch wichtiger war, beide hatten es größtenteils intakt überlebt. Auch wenn Robin und Honoria als Jugendliche nie viel miteinander zu tun gehabt hatten, aber sein Vertrauen in Asher war absolut. Das hieß, wenn Asher ihr an seiner Seite vertraute, würde Robin es auch tun. Und durch Robins und Ashers Unterstützung für sie waren auch andere gegenüber der Vorstellung einer Quasi-

Außenseiterin warm geworden, die durch das Mandat des MDA zu ihrer Anführerin gesalbt worden war.

Robin war jetzt hinten in der großen Halle und wartete auf ihr Signal. Honorias und Ashers erstes gemeinsames Meeting sollte aus einem bestimmten Grund auffällig werden – es sollte zeigen, dass sie transparent regierten, damit andere ohne Angst vor Bestrafung ihre Meinung äußern konnten.

Nun, solange andere Meinungen keinen Schaden anrichteten. Der Clan wusste vielleicht schon, dass sie die neuen Anführer waren, aber es war das erste Mal, dass Honoria und Asher sie alle als solche trafen. Sie dachte nicht, dass Gewalt ausbrechen würde und hoffte, dass ihre Pläne für den Abend dazu beitragen würden, sie zu verhindern oder davon abzubringen.

Ihr Drache ging in Honorias Kopf auf und ab. *Warum so dramatisch? Drachen mögen Ehrlichkeit. Das sollte genug sein.*

Aber die menschlichen Hälften wollen einen Anführer, der mehr als eine durchschnittliche Person ist; darum das ein wenig dramatische Flair.

Wenn du meinst.

Asher berührte ihren Arm, und sie blickte auf. Er fragte: „Bereit?"

„Du?"

Er lächelte. „Wahrscheinlich ein bisschen weniger, da ich nur daran denken kann, aus dieser verdammten Schiene um meine Taille raus-zukommen."

„Denk nicht einmal daran, sie abzulegen. Die Muskeln in deinem Rücken sind nicht voll funktions-fähig. Das Tragen der Schiene bedeutet, dass du länger stehen kannst als ohne sie. Und selbst wenn dieses Meeting nur für wenige Minuten angesetzt ist, könnte es schon eine Weile dauern, und ich glaube kaum, dass ein Clan-Führer, der flach auf dem Boden liegt, Vertrauen wecken wird."

„Ich wäre nicht auf dem verdammten Boden. Wir sind schick hier in Skyhunter und haben jetzt Stühle."

Sie kniff die Augen zusammen. Aber bevor sie darauf reagieren konnte, senkte Asher seine Stimme noch weiter, bis nur noch sie ihn hören konnte. „Aber ich werde sie umbehalten. So kann ich mich zurücklehnen, wenn sie abkommt, es mir leicht machen und dich und deinen Drachen übernehmen lassen."

Ihr Tier knurrte. *Ich werde auf sein Angebot zurückkommen. Also beeil dich und führe dieses Treffen so schnell wie möglich durch, damit ich ihn hart reiten kann.*

Pst. Das hier darf nicht überstürzt werden.

Aber ich will ihn.

Du willst nur seinen Drachen schlagen.

Nein. Sowohl die menschliche als auch die Drachenhälfte gehören uns. Ich will Asher beanspruchen und es offiziell machen.

Da ihr Drache weiterhin versuchen würde, sich durchzusetzen, konzentrierte sich Honoria wieder auf Asher. Sie zuckte die Schultern. „Wenn du meinst, ich kann dich ins Bett stecken, gute Nacht sagen, weggehen und dich meinen Befehlen folgen lassen, dann ja, das können wir tun."

„Freche Frau!"

Sie zwinkerte. „Immer."

Asher lachte leise, und das Geräusch ließ ihr Inneres hüpfen. Er wäre niemals derselbe Mann von vor über einem Jahrzehnt, und sie akzeptierte es. Aber es war schön, ihn wieder lachen zu hören. Sie müsste nur versuchen, ihn öfter dazu zu bringen.

Ihr Tier schnaubte. *Das ist noch so ein Menschending. Fick ihn oft, und er wird glücklich sein.*

Honoria verkniff sich ein Lachen und das gerade rechtzeitig, als die Uhr vor dem großen Saal die Stunde schlug. Ein paar Sekunden später öffneten sich die Haupttüren zum Saal.

Honoria atmete tief durch, richtete sich hoch auf und sah zu, wie die Mitglieder ihres Clans hereinkamen.

Ja, ihres Clans. Nun, ihres und Ashers. Dennoch stolperte ihr Herz bei diesem Gedanken. Skyhunter war tatsächlich wieder ihr Zuhause, und jetzt lag es an ihr und Asher, dafür zu sorgen, dass es überlebte.

Asher berührte ihren Arm zur Unterstützung. Beide hatten beschlossen, ihre öffentlichen Zuneigungsbekundungen einzuschränken und sich vorerst mit der Zeit zu begnügen, in der sie allein waren. Es sei denn, sie vertrauten darauf, dass die Leute, mit denen sie zusammen waren, sie nicht gegen sie verwenden würden. Andernfalls, wenn sie allen gegenüber offen wären über ihre Beziehung, könnten viele Clanmitglieder anfangen, an Skyhunters Zukunft zu zweifeln, besonders wenn ihre Beziehung zerbrechen würde.

Ihr Drache knurrte. *Wird sie nicht.*

Das glaube ich auch. Aber denk dran, diese Leute hatten eine harte Zeit. Und das ist noch eine Untertreibung, gelinde gesagt.

Ihr Tier verstummte und rollte sich im Hinterkopf zusammen, die übliche Pose, die bedeutete, dass es still bleiben und Honoria die menschlichen Dinge regeln lassen würde, die es nicht immer verstand.

Ungefähr dreihundert Augenpaare, von Kleinkindern bis zu ergrauten, grauhaarigen Urgroßeltern, starrten sie und Asher an. Auch wenn nur Clanmitglieder in der Halle zugelassen waren, beobachteten es die anderen Drachenwandleranführer sowie das MDA-Personal von einem geheimen Raum im ersten Stock aus mit Blick auf den Raum.

Mit anderen Worten, Asher und Honoria mussten von Anfang an jeden beeindrucken, der wichtig war.

Sie und Asher hatten hin- und herüberlegt, wer zuerst sprechen sollte, wobei sie die Vor- und Nachteile aus allen Blickwinkeln abgewogen hatten. Am

Ende hatten sie beschlossen, dass sie das Meeting eröffnen sollte.

Honoria trat vor und beobachtete dabei alle Gesichter genau. Wenn sie vor Asher sprach, könnte das für Unruhe sorgen, aber sie musste es tun. Wenn die Anwesenden nicht akzeptieren konnten, dass eine Frau das Sagen hatte, mussten sie so schnell wie möglich darauf angesprochen werden.

Als sie eine Hand hob, um zum Schweigen aufzufordern, wurde es fast augenblicklich still. Angesichts der Meetings, an die sie sich als Kind erinnerte und bei denen es immer mehrere Minuten gedauert hatte, um für Ruhe zu sorgen, sprach die Aktion Bände darüber, wie wichtig dieser Moment wirklich war.

Honoria nutzte ihre Stimme sorgfältig, um sicherzustellen, dass alle hörten, was sie zu sagen hatte. „Vielen Dank, dass ihr so kurzfristig kommen konntet. Ich bin sicher, jeder hat eine Menge Fragen, oder vielleicht sogar ein paar Zweifel, aber Asher und ich wollten jeden zu Skyhunter 2.0 begrüßen. Einige Änderungen werden nur langsam umgesetzt, andere jedoch so bald wie möglich. Das Ziel ist es, den Clan zu mehr zu machen als einen Ort zum Leben. Wir wollen ihn wieder zu einem Zuhause machen, einem Ort, an dem man sein möchte, anstatt einem, an dem man einfach bleibt, weil man nirgendwo anders hingehen kann."

Asher sprang ein, bevor jemand aus der Menge eine Frage stellen konnte. „Was uns direkt zum ersten Punkt bringt. Im Gegensatz zum vorherigen Regime wird euch niemand zwingen, hierzubleiben. Wenn ihr den Clan dauerhaft verlassen wollt, könnt ihr das." Er winkte zur Tür. „Wenn ihr uns nicht einmal eine Chance gebt, könnt ihr jetzt gehen. Das MDA wird euch sogar helfen, euch woanders niederzulassen. Wir geben euch sechzig Sekunden, um uns zu verlassen, ab jetzt."

Er gab Robin ein Zeichen, der die beiden riesigen Türen zum Saal öffnete. Gemurmel erhob sich in der Menge, aber Honoria stand nur da und wartete. Einige würden damit nicht einverstanden sein, dass eine Frau die Führung übernahm, wenn auch nur teilweise, und das war der beste Weg, sie jetzt loszuwerden.

Ein paar der älteren Drachenwandler schlurften hinaus, ebenso ein junges Paar, das sie nicht erkannte.

Nach sechzig Sekunden blies Robin in ein Horn, und die Türen schlossen sich, dank der Beschützer draußen.

Honoria war wieder dran. „Gut, nachdem das jetzt aus dem Weg ist, wollen wir uns auf die Fragen konzentrieren, die jeder im Kopf hat. Ja, wir sind zu zweit. Und ja, andere werden als Verbindungsleute für verschiedene Dinge fungieren und uns unterstützen, damit der Clan reibungslos läuft. Aber eure Meinung ist willkommen und wird gehört. Wir können nichts garantieren – schließlich kann ich mir nicht vorstellen, dass Asher dem zustimmen würde, wenn jemand vorschlägt, alle Häuser in Hellrosa zu streichen –, aber wir werden fair sein."

Lächeln zeigte sich auf einigen Gesichtern, und das stärkte Honorias Selbstvertrauen. Ihr erster Versuch zu beweisen, dass sie und Asher anders waren als der vorherige Anführer, hatte funktioniert.

Ihr Drache verdrehte die Augen, blieb aber still. Jede Ablenkung, egal, wie sehr sie ihr Tier liebte, wäre im Moment schlecht.

Ashers Stimme füllte die Halle. „Einige von euch sind vielleicht zögerlich, weil mein Nachname King ist." Er hielt inne, um sein Hemd auszuziehen. Angesichts dessen, wie sehr Asher es hasste, die Narbe auf seinem Brustmuskel zu zeigen, bewies das Honoria, dass er alles für den Clan tun würde. Asher fuhr fort: „Ich bin sicher, dass jeder das K auf meiner Brust gesehen hat. Ich war im Gefängnis und wurde gefoltert, weil ich mich gegen Marcus' Politik ausgesprochen habe. Fünf lange Jahre ertrug ich alles, um zu beweisen, wie sehr ich ihn missbilligte, und gab nie nach. Nicht einmal, als diese Marke in meine Brust eingebrannt wurde, stimmte ich seinen skrupellosen Methoden zu. Wenn diese Narbe auf meiner Brust nicht genug Beweis ist, um zu zeigen, wie anders ich bin, dann hoffe ich, dass ihr mir wenigstens eine Chance gebt. Ich brauche keine absolute Loyalität wie der ehemalige Anführer, aber wenn jemand irgendwas tut, das Skyhunters Fortbestand bedroht, werden wir uns umgehend darum kümmern."

Er hielt inne, um den Raum langsam zu betrachten. Honoria rührte sich nicht bei Ashers strengen Blicken, aber ein paar Leute im Publikum zuckten zusammen. Zweifellos verglichen sie gerade Asher mit dem sorglosen Teenager, der er einmal war.

Nicht, dass er sich zum Negativen verändert hatte. Honoria mochte seine ernste Seite manchmal eher.

Erst nachdem er den ganzen Raum betrachtet hatte, fuhr er fort. „Außerdem wird Skyhunter nicht mehr von den anderen Clans in Großbritannien isoliert sein. Die Zusammenarbeit ist wichtig, besonders da Drachenwandler in ganz Großbritannien Feinde haben. Auch wenn wir ein tougher Haufen Drachen sind, könnte uns ein voller Angriff entweder von den Drachenjägern oder Drachenrittern ohne Verbündete in die Knie zwingen."

Es folgte Gemurmel, aber Honoria konnte nicht sagen, ob es gut oder schlecht war.

Sie müssten ein paar Kontakte in der Community finden, um die Stimmung des Clans besser einzuschätzen. Sie fügte es zu ihrer ständig wachsenden To-do-Liste hinzu.

Asher starrte, bis der Lärm nachließ. „Und schließlich dürfen wir auch nicht am Opferprogramm teilnehmen, um unsere Bevölkerung wieder aufzubauen, bis das Ministerium für Drachenangelegenheiten überzeugt ist, dass wir eine sichere, stabile Gruppe von Drachen sind. Das bedeutet, dass *all* unsere Ziele gleich sein sollten – Skyhunter zum besten Drachen-Clan in Großbritannien zu machen.

Angesichts der Wettkämpfe wird es nicht einfach sein, aber ich denke, wir können es schaffen."

Honoria hatte ein paar Klatscher erwartet, aber Jubel erhob sich aus der Menge. Von Nicken, Lächeln bis hin zu ein paar skeptischen Blicken, und Honoria stieß einen Atem aus. Sie waren bei weitem nicht perfekt, und es lag noch ein langer Weg vor ihnen, bevor Skyhunter sein Potenzial erreichte, aber die Reaktion war ein guter Anfang. Weil aus ein paar Samen der Hoffnung vielleicht Vertrauen und Wohlstand erblühen würden.

Ihr Drache grunzte und wollte es kommentieren. Aber er hielt sein Versprechen, still zu bleiben.

Nach einer Minute hob Honoria die Hand, und der Lärm legte sich wieder. „Wir ziehen morgen in das Cottage des Anführers und öffnen so bald wie möglich unsere Türen, um uns Beschwerden oder Bedenken anzuhören. Aber es gibt noch eine Sache, die wir sofort tun wollen, und das ist, die anderen Clans in Großbritannien kennenzulernen. Lochguard und Stonefire haben angeboten, nächste Woche ein Festessen und Tanz für uns zu veranstalten, und wir haben akzeptiert. Das wird euch ermöglichen, einige der anderen Clans kennenzulernen, vielleicht jemanden mit ähnlichen Interessen zu treffen, oder sogar jemanden mit einem Wissen, das ihr hier für eure eigenen Bemühungen nutzen könnt. Aber wir können schon bald genug über unsere Angelegenheiten sprechen und darüber, was getan werden muss. Ein paar Tage lang könnt ihr zur Ruhe kommen, tief durchatmen und eure Zukunft planen. Denn wenn es nach Asher und mir geht, wird es eine gute."

Die Leute klatschten, wenn auch nicht ganz so enthusiastisch wie vorhin. Zweifellos waren sie nervös, Drachenwandler aus anderen Teilen Groß-britanniens zu treffen. Schließlich hatte Marcus King fast zwei Jahrzehnte damit verbracht, sie bei jeder Gelegenheit zu verteufeln.

Ihr Drache hob den Kopf. *Aber wir können es reparieren.*

Asher entließ die Menge und versicherte ihnen, dass sie so schnell wie möglich Fragen beantworten würden. Robin und seine Beschützer begleiteten effi-zient jeden aus der Halle.

Sobald nur noch sie und Robin da waren, beugte sich Honoria zu Asher und küsste ihn. „Du hast das brillant gemacht."

„Du auch."

„Und weniger Leute haben sich dafür entschie-den, den Clan zu verlassen, als ich vermutet hatte. Obwohl ich nicht glaube, dass das schlimm ist."

Brams Stimme hallte in der Halle und ließ sie wissen, dass die anderen aus dem ersten Stock gekommen waren. „Aye, es ist gut gelaufen. Aber der wahre Test wird die Feier nächste Woche sein. Apro-pos, Finn und ich werden bis dahin nach Hause zurückkehren. Ich vermute, es ist einfacher, Dinge in Gang zu bringen, ohne dass wir euch im Nacken sitzen."

Finn schnaubte. „Das ist eine nette Ausrede. Ich weiß, dass du nur nach Hause zu deiner Gefährtin willst."

Bram runzelte die Stirn. „Natürlich tue ich das, aber es gibt auch einen vernünftigen Grund."

Honoria sprang ein, bevor Finn antworten konnte. „Die Gründe spielen keine Rolle. Ich denke, es wird einfacher sein, ein Gefühl für den Clan zu bekommen, wenn ihr beide nicht hier seid." Sie musterte den Blick der MDA-Frau. „Und obwohl ich weiß, dass Sie keine Befehle von uns entgegennehmen, wäre es auch eine große Hilfe, wenn Sie gingen."

Der Mensch zögerte nicht und nickte. „Dem stimme ich zu. Und die Tatsache, dass Sie mir nicht befohlen haben zu gehen, gibt mir schon eine höhere Meinung von Ihnen." Das Gesicht des Menschen wurde ernst. „Ich möchte jedoch erklären, wie heikel Skyhunters Status beim MDA ist. Ich weiß, dass es kleine Gerüchte geben wird, aber wenn es außer Kontrolle gerät, haben wir vielleicht keine andere Wahl, als den Clan zu zerschlagen und das Land an uns zu nehmen."

Honorias Drache knurrte, aber sie antwortete dem Menschen, bevor ihr Drache anfing zu schimpfen. „Das verstehen wir. Ich hoffe, dass Sie uns eine faire Chance geben."

Der Mensch nickte. „Das werde ich. Jetzt sollte ich wahrscheinlich gehen und mit meinem Bericht anfangen – die Wettkämpfe an sich haben schon für einen Berg an Papierkram gesorgt. Aber zögern Sie nicht, sich an mich zu wenden. Ich weiß, einige MDA-Mitarbeiter sehen Drachenwandler als Belastung, aber ich denke, sie können Verbündete sein. Vielleicht können wir eines Tages eng zusammenarbeiten."

Asher grunzte an ihrer Seite, aber Honoria lächelte offen. „Das fänden wir schön."

Der Mensch verabschiedete sich und ließ sie mit Finn, Bram und Robin allein. Finn sprach als Erster. „Wir gehen in einer Sekunde. Aber ich werde euch noch ein Stück Weisheit geben, bevor ich gehe. Auch ich musste mit einem schwierigen Übergang fertig werden, als ich Lochguard übernahm. Mit harter Arbeit und Liebe zu euren Leuten wird es jedoch einfacher. Nun, zumindest die meiste Zeit. Ihr erinnert euch doch bestimmt an meinen Cousin Fraser, Aye? Familie hält sich nicht immer an Befehle, wie sie es sollte."

Bei der Erwähnung von Familie stieg Sehnsucht in Honoria nach ihren abwesenden Cousins auf. Vielleicht könnte sie sie dazu bringen, nächste Woche zur Feier zu kommen.

Bram klopfte Finn auf die Schulter. „Du kannst ihnen nächste Woche noch weitere Ratschläge geben. Lass uns gehen und die beiden hier alles regeln."

Die beiden Anführer gingen, und nachdem sie Pläne für ein Treffen mit Robin am nächsten Morgen gemacht hatten, machten sich Honoria und

Asher auf den Weg zu Ashers Cottage. Es wäre ihre letzte Nacht dort, bevor sie in das Cottage ziehen würden, das für den Clanführer bestimmt war.

Aber als sie an seinem Haus ankamen, hatte keiner von ihnen die Energie mehr zu tun, als sich hinzulegen und zu kuscheln, bevor sie in den Schlaf abdrifteten. Obwohl Honorias Verstand tobte, halfen allein Ashers Hitze und Geruch um sie herum, sie zu beruhigen. Ehe sie sich versah, schlief sie tief und fest.

Asher war an einen Stuhl gefesselt, Blut lief über seine Brust, von dort, wo sein Cousin ihm ein K in die Haut geschnitten hatte.

Ein dumpfer Schmerz pochte in der Wunde. Vielleicht wäre es ausgeprägter gewesen, wenn Asher nicht in den letzten vier Jahren so viele „Überzeugungssitzungen" durchgemacht hätte.

Und da sein Drache nicht in der Lage war, mehr zu tun, als seinen Kopf hin- und herzuwerfen, war auch nicht mehr viel Wut in ihm übrig.

Sein Cousin stand vor einem Feuer und hielt ein langes Stück Metall hinein. Wenn ihm nicht mehrere Knochen gebrochen, die Haut geschreddert oder seine Sinne tagelang absichtlich überlastet worden wären, hätte er vielleicht ein kleines Gefühl von Beklommenheit gespürt.

Aber er wusste, was kommen würde, und nichts

anderes als Marcus die Treue zu schwören, würde es aufhalten.

Sein Cousin würde ihn ohne Zögern brandmarken.

Er zog das glühende Metall aus dem Feuer und sah ihn an. „Alles, was du tun musst, ist, dich Marcus zu verpflichten, und all das kann aufhören."

Es wäre leicht nachzugeben. Ein paar Worte von seinen Lippen, die er nicht in seinem Herzen meinte, und er könnte endlich wieder mit seinem Drachen vereint werden und den Himmel sehen.

Und doch, wenn er das täte, würde sein Bastard-Onkel gewinnen. Asher mochte in der größeren Struktur der Dinge unbedeutend sein, aber wenn jeder aufgeben würde, wenn es hart wurde, dann wäre niemand in der Lage, Skyhunter irgendwann zu helfen. All seine ehemaligen Schüler, Freunde und Familie wären gezwungen, ein Leben in Angst zu führen, bis der Clan nicht mehr existierte.

Denn in seinem Herzen wusste Asher, dass, wenn Marcus noch fünf Jahre auf dieselbe Weise regierte, sein Onkel einen Schritt zu weit gehen würde. Er musste nur einige der einheimischen Menschen verletzen, um das Ende des Clans herbeizuführen.

Und das wollte er nicht.

Also, ja, nachzugeben wäre einfacher. Doch das konnte er nicht tun. Obwohl Trotz nicht viel war, war es alles, was er hatte.

Asher gab sein Bestes, aufrecht zu sitzen, und antwortete schließlich: „Nein, ich werde diesem narzisstischen, machthungrigen Arschloch nie dienen, solange ich lebe."

Er schwor, dass Feuer in den Augen seines Cousins aufblitzte, aber es war verschwunden, bevor er sich sicher sein konnte. Sein Cousin stellte sich vor ihn. „Dann lass uns was Neues versuchen. Vielleicht ist das der letzte Schub, den du brauchst, um endlich zu brechen." Er senkte die Stimme. „Denn du wirst brechen, Asher. Meine Erfolgsrate ist fast makellos, bis auf dich. Also, ja, du wirst brechen."

Und dann presste der Bastard das heiße Metall gegen seine offene Wunde. Asher tat sein Bestes, nicht zu schreien, aber als sein Fleisch verbrannte, ließ er endlich ein Brüllen heraus. Auch der Geruch ließ seinen Magen aufwirbeln, und es brauchte alles, was er hatte, um sich nicht zu übergeben.

Sein Cousin nahm das Metall schließlich weg, und Asher sackte in seinen Sitz zusammen und tat sein Bestes, wach zu bleiben, obwohl sein ganzer Körper nach ihm schrie, in glückselige Bewusstlosigkeit fallen zu dürfen.

„Hast du es dir anders überlegt?"

Er konnte seine Lippen kaum bewegen, aber er sagte: „Niemals."

Das heiße Metall kam wieder auf seine Haut, und alles, was Asher tun konnte, war dort zu sitzen und zu schreien, bis die Dunkelheit ihn verzehrte.

. . .

Asher setzte sich auf und nahm sich einen Augenblick, um sich zu versichern, dass er nicht mehr träumte und die Erinnerung durchlebte.

Sein Drache sagte leise: *Ich bin hier. Dieser Bastard kann uns nicht mehr wehtun.*

Asher fuhr sich mit einer Hand durch sein schweißgetränktes Haar und zuckte fast zusammen, als eine warme Hand seine Schulter berührte.

Honorias verschlafene Stimme füllte den Raum. „Geht's dir gut, Ash? Hattest du einen Flashback?"

Er hätte es als einen schlechten Traum abtun können, Fragen ausweichen und versuchen, seine Frau auf andere Weise abzulenken.

Asher hatte jedoch seine Vergangenheit vor allen außer dem Berater geheim gehalten. Und obwohl Honoria lieber nichts von seiner barbarischen Haft wissen sollte, würde es sie nur auf Armlänge halten, wenn er es nicht erzählte.

Sie verdiente Besseres.

Sein Drache meldete sich zu Wort. *Sag es ihr. Sie verdient mehr als unseren Schwanz. Sie sollte auch all unsere Schwächen kennen.*

Er zupfte mit den Fingern am Laken und zwang sich zu antworten. „Das war einer meiner Alpträume." Er hielt inne und fügte leise hinzu: „Wie du weißt, wurde ich während der fünf Jahre gefoltert, in denen ich inhaftiert war. Hin und wieder verfolgt eine der Sitzungen meine Träume."

Allein Honorias Stimme zu hören, half ihm, seine Seele zu beruhigen. „Wenn du reden möchtest, können wir es tun. Aber wenn du Zeit brauchst, ist auch das okay. Ich liebe dich, Ash, und du sollst wissen, dass ich immer hier sein werde, wenn du mich brauchst. Vergiss das nicht!"

Er riskierte einen Blick in Honorias Augen, und die Liebe, die dort strahlte, verbannte seine verbleibenden Spannungen aus dem Alptraum. „Eines Tages werde ich das. Vielleicht noch nicht ganz." Er nahm ihre Hand, brachte sie an seine Lippen und küsste den Handrücken. „Aber du sollst nicht denken, dass ich es dir nicht erzählen will. Es ist einfach schwierig, vor allem, weil ich im Gegensatz zu meiner Schwester größtenteils intakt rausgekommen bin."

Arme Aimee. Sie war so jung und entschlossen gewesen, in seine Fußstapfen zu treten.

Die Erinnerung an seine Schwester im Teenageralter, wie sie ihr Kinn trotzig gehoben und jede Warnung vor der Gefahr, Marcus zu widerstehen, abgetan hatte, schnürte seine Kehle zu.

Sein Drache schickte ihm Trost. *Wir werden einen Weg finden, ihr zu helfen.*

Honorias Stimme hinderte ihn daran zu antworten. „Ich weiß nur das Mindeste darüber, was mit deiner Schwester passiert ist. Vielleicht, wenn du nicht über deine eigenen Prüfungen während jener Zeit reden kannst, wie wäre es dann mit Aimees? Ich kann auch ihr nicht helfen, wenn ich nicht weiß, was los ist."

Ja, wenn er seiner Schwester auch nur ein bisschen helfen könnte, damit sie wenigstens wieder mit anderen reden könnte, dann wäre er vielleicht bereit, von seinen eigenen Schrecken zu erzählen.

Also erzählte er Honoria kurz, dass seine Schwester nicht mit Menschen oder ihrem Drachen sprach, wie blitzende Drachenaugen sie zum Schreien und Weglaufen veranlassten und dass sie nicht einmal einen Fuß aus dem Cottage setzen wollte, nicht einmal, um nur den Himmel wieder zu sehen.

Als er fertig war, starrte Honoria ihn nur eine Sekunde an. Er bemerkte, dass ihr Verstand auf Hochtouren lief. Es dauerte jedoch nicht lange, bis sie wieder sprach. „Ich habe eine Idee, wenn du bereit bist, sie zu hören?"

Er drückte ihre Hand und sagte: „Natürlich."

„Nun, wie viel weißt du von Arabella MacLeod?"

„Der Gefährtin von Lochguards Anführer?"

Sie nickte. „Ja, das ist sie jetzt. Aber ich spreche von ihrer Vergangenheit."

„Ich weiß nicht viel, außer der Tatsache, dass irgendwas mit Drachenjägern passiert ist und sie sie in Brand gesetzt haben."

„Richtig, aber sie hat auch fast ein Jahrzehnt lang nicht mit ihrem Drachen geredet. Ich kenne nicht alle Einzelheiten, aber sie hatte Angst davor und hat sich vor allen außer ihrem Bruder und ihrem Clan-Führer versteckt. Es brauchte das Kennenlernen mit Finn, um sie komplett da rauszuholen."

Er runzelte die Stirn. „Ich hoffe, du schlägst nicht gerade vor, dass wir nach Aimees wahrem Gefährten suchen und hoffen, dass das Auslösen des Gefährtenrauschs sie zurückbringt."

„Nein, nein, natürlich nicht. Arabella sollte nächste Woche an der Veranstaltung mit den beiden anderen Clans teilnehmen. Was, wenn wir sie bitten, sich mit Aimee zu treffen? Ich weiß nicht, ob irgendwas dabei herauskommt, aber es ist wenigstens eine Chance. Arabella hat Erfahrungen, von denen ich nie träumen könnte und die vielleicht zu deiner Schwester durchdringen könnten."

Nicht einmal Asher, dessen Drache fünf Jahre lang stillgelegt worden war, konnte Arabellas oder Aimees Situation vollständig verstehen. Er hatte nie Angst vor seinem Tier gehabt.

Er antwortete: „Ich werde zuerst meine Mutter fragen müssen."

„Oder, wir könnten Lynne zusammen fragen. Schließlich ist Aimee jetzt auch meine Familie."

Sein Tier meldete sich zu Wort. *Frag sie, ob sie unsere Gefährtin wird, dann wird es in jeder Hinsicht wahr sein.*

Nicht jetzt. Lass uns erst einmal alles in Ordnung bringen.

Sein Drache murmelte etwas Unverständliches und rollte sich in seinem Kopf zu einer Kugel zusammen.

Er konzentrierte sich wieder auf Honoria. „Okay, wir reden mit meiner Mum, sobald wir es schaffen.

Obwohl, wenn sie zustimmt, ist es vielleicht besser, wenn du Arabella fragst, nicht ich. Das Letzte, was ich brauche, ist, dass Finn mich anknurrt und denkt, ich tue mehr, als mit seiner Gefährtin zu reden."

Sie verdrehte die Augen. „Finn und Arabella sind einander auf jeden Fall ergeben. Du kannst dem Mann schon mehr zutrauen."

Es mochten nur Minuten statt Stunden gewesen sein, aber Ashers Traum war fast vergessen. Er rollte vorsichtig herum und bewegte seine Rückenmuskeln so wenig wie möglich, bis Honoria unter ihm war. Er senkte sein Gesicht näher an ihres. „Im Moment gibt es nur eine Frau, an die ich denken möchte." Er küsste sie sanft und nahm ihre Lippen in langsamen Liebkosungen. „Sie ist die schlauste, schönste und entschlossenste Frau, die ich kenne. Und ich will sie in Anspruch nehmen, wann immer ich die Chance dazu habe."

Sie hob eine Braue. „Also keine Erwähnung von Liebe?"

„Natürlich liebe ich dich, verdammt nochmal." Nach einem schnellen, rauen Kuss fügte er hinzu: „Und wenn du überhaupt daran zweifelst, muss ich dich mit meinem Schwanz und meiner Zunge davon überzeugen, wie sehr ich dich liebe, Honoria Wakeham."

Auch wenn es ideal wäre, sie in einer ordentlichen Zeremonie vor dem Clan zu beanspruchen, tat er das Nächstbeste und ließ seine Frau wissen, dass sie sein war, mit Körper und Seele. Sicher, sie musste wegen seiner Verletzung das meiste übernehmen, aber als beide endlich in den Armen des anderen einschliefen, dachte er nicht, dass es ihr etwas ausmachte.

Ganz zu schweigen davon, dass kein Alptraum es wagte, wieder in seine Träume einzudringen, nicht mit der Frau, die er liebte, an seiner Seite.

Kapitel Zwölf

Die nächste Woche verflog in einer Reihe von Treffen mit Clanmitgliedern, in denen sie Leute befragten, um verschiedene Positionen in Skyhunters erster „Enklave von Anführern" zu besetzen, und damit, die notwendigen Unterlagen auszufüllen, die vom Ministerium für Drachenangelegenheiten geschickt worden waren.

Es geschah alles so schnell, dass Honoria kaum Zeit hatte, ein traditionelles Drachenwandlerkleid zu finden, das zu ihrer übermäßig großen Statur passte. Doch als sie ihr Bild im Spiegel betrachtete, das dunkelviolette Kleid über eine Schulter geschlungen, bevor es ihre Taille umschmiegte, sich dann an den Hüften ausbreitete und bis knapp über den Boden fiel, fand Honoria das Kleid perfekt.

Zum ersten Mal seit einiger Zeit schwamm ein Gefühl des Stolzes durch ihren Körper. Dunkles Lila war schon seit Jahrhunderten Skyhunters traditionelle Farbe, aber jedes Mal, wenn sie die Farbe zuvor getragen hatte, hatte sie sich für das geschämt, was es repräsentierte.

Aber nicht mehr.

Ihr Drache meldete sich zu Wort. *Natürlich nicht. Diese Farbe repräsentiert jetzt uns, Asher und die Zukunft.*

Nun, der eigentliche Test wird sein, zu sehen, wie viele andere in der Farbe kommen.

Auch wenn traditionelle Drachenwandler-Tracht vorgegeben worden war, hatten sie und Asher erwähnt, dass die Farbe jeder Person überlassen würde.

Nur weil sie es als die Zukunft sah, bedeutete das nicht, dass alle anderen es auch tun würden. Marcus hatte viele Treffen erzwungen, noch bevor sie nach Amerika geschickt worden war, und Dunkelviolett zu tragen, war Pflicht gewesen. Nach einer Weile hatte die Farbe für alles gestanden, was sich in Skyhunter – zum Schlechten – gewandelt hatte.

Wie bei vielen Dingen würde es Zeit brauchen, die Gefühle zu ändern, die damit einhergingen.

Asher betrat den Raum in einem dunkelvioletten, gelb und schwarz karierten Gewand. Ähnlich wie alte Kilts, war es über eine Schulter geschlungen, um seine Taille gewickelt, und der Stoff umkreiste dann seine untere Hälfte, bis knapp unter seine Knie hinunter.

Die K-förmige Narbe auf seiner Brust war deutlich sichtbar.

Sie trat näher und sagte: „Da sieht aber jemand heute Abend sexy aus!"

Er schnaubte. „Ich bin sicher, das würdest du auch sagen, wenn ich einen Rock aus Farn tragen würde."

„Vielleicht." Sie legte eine Hand über seine Narbe. „Aber bist du dir auch sicher deswegen? Ich weiß, wir haben darüber gesprochen, dass du ein weißes Hemd tragen könntest."

Er schüttelte den Kopf. „Selbst wenn es draußen schneite, würde ich immer noch mit nackter Brust gehen. Wenn Arabella MacLeod herumlaufen kann, ohne sich um ihre Narben zu scheren, kann ich dasselbe tun."

Sie küsste ihn kurz. „Ich bin gespannt, ob ihr Gespräch mit Aimee heute Abend hilft oder nicht."

„Ich auch. Aber sie kann das erst tun, wenn wir mit dem Treffen begonnen haben, was bedeutet, dass alle Anführer am ersten Tanz teilnehmen."

Sie hob die Augenbrauen und neigte den Kopf. „Ist ja nicht so, als könnten wir schon anfangen. Es sind noch nicht alle da. Außerdem müssen wir die anderen Clanführer zuerst privat begrüßen." Er grunzte, und sie lachte, bevor sie hinzufügte: „Ach, komm. Brams und Finns Gefährtinnen sind hier, also gibt es vielleicht weniger Gezänk."

„Das sagst du", murmelte er.

Sie küsste ihn noch einmal, diesmal langsamer,

bevor sie zurücktrat und seine Hand nahm. „Lass uns gehen. Ich werde ohnehin das meiste Reden übernehmen. Deine Aufgabe ist es, nicht finster dreinzublicken, wenn du es vermeiden kannst."

Asher blickte finster drein.

Sie knuffte ihm in die Seite. „Hör auf!"

Er zwinkerte. „Ich versuche es. Aber ich kann nichts versprechen."

Sie deutete auf die Tür. „Bist du jetzt fertig? Je früher wir das hier machen, desto eher können wir deiner Schwester helfen."

Ashers Gesicht wurde ernst, und er führte sie zur Tür.

Ashers Drache ging in seinem Kopf auf und ab, als er sagte: *Warum müssen wir uns an all die Formalitäten halten? Der Clan will einfach nur eine Party haben und endlich erleichtert aufatmen.*

Das hier ist eine Party, aber wenn wir Traditionen einbeziehen, fühlt es sich eher wie eine Drachenwandlerparty *an.*

Sein Tier grunzte. *Da ist wohl jemand drauf aus, Unruhe zu stiften.*

Ach, hör doch auf. Ich weiß, diese Farben zu tragen, macht dich unruhig, aber wenn wir sie nicht tragen können, wie können wir dann erwarten, dass andere es tun?

Sein Tier knurrte. *Sie mussten keine schmutzi-*

gen, zerrissenen Gefängnisuniformen mit dem gleichen Muster tragen. Oder zumindest die Mehrheit von ihnen nicht.

Noch vor ein paar Wochen hätte das Karo aus dunklem Lila, Schwarz und Gelb eine Mischung aus Wut und Groll ausgelöst, ganz zu schweigen von unerwünschten Erinnerungen. Aber als er Honoria in ihrem dunkelvioletten traditionellen Kleid sah, begann auch er, die Farbe in einem anderen Licht zu sehen.

Vor allem, weil sie ihre Haut glühen ließ und die Haare heller glänzten.

Sein Tier schnaubte. *Sie würde besser aussehen, wenn sie überhaupt nichts anhätte.*

Auf keinen verdammten Fall werden die anderen Anführer sie nackt sehen.

Was, wenn ein Notfall eintritt? Sie wird sich nicht hinter einem Laken verstecken, um zu wandeln.

Sie näherten sich der Tür, die als Wartebereich für die Anführer von Stonefire und Lochguard und ihre Ehrengäste diente. *Halt die Klappe. Ich muss mich konzentrieren.*

Schön. Aber erwarte nicht, dass ich den ganzen Abend schweige.

Er und Honoria blieben vor der Tür stehen. Er sah sie an und fragte: „Bereit?"

„Natürlich. Im Gegensatz zu dir denke ich, dass das Spaß machen wird."

„Später müssen wir ‚Spaß' mal genauer definieren, weil ich glaube, der amerikanische Clan hat dir da eine falsche Vorstellung gegeben."

Sie verdrehte die Augen. „Was auch immer."

Seine Mundwinkel hoben sich. „Vielleicht solltest du Kurse geben, wie man amerikanischer klingt. Das sollte ein Kinderspiel für dich sein."

Honoria schüttelte den Kopf und legte eine Hand auf den Türknauf. „So sehr ich dein Necken auch mag, aber sparen wir uns das lieber für später auf. Skyhunter wird noch eine Weile auf wackeligem Grund stehen. Lass uns also beweisen, dass wir ernst genug sind, um alle Herausforderungen zu bewältigen."

Sein Tier schnaubte. *Wenn überhaupt, war Skyhunter zu ernst.*

Das ist nicht das, was sie meinte, und das weißt du auch.

Asher nickte, und sie betraten den Raum.

Drinnen trugen der Anführer von Stonefire und seine Gefährtin Dunkelrot. Das Lochguard-Paar trug ein sattes Dunkelblau. Ihre Begleitung – Beschützer, wie er erfahren hatte, als sie die Einladung angenommen hatten – trugen die jeweiligen Farben ihrer Clans.

Er grunzte seine Grüße an die Anführer, bevor er Arabella MacLeods Blick begegnete. Ihre Augen zuckten zu seiner Brust hinab und wieder hinauf. Ein Lächeln umspielte ihre Lippen. „Mit Snowridges Anführer und seinen drei Narben auf der Wange, mir und meinen Verbrennungen, und dir und deiner Markierung werden die Leute denken, dass eine Art Tragödie Voraussetzung ist, um die oberen Ränge eines Drachenwandlerclans zu erreichen."

Alle wurden unnatürlich still, abgesehen von Arabella. Die anderen hätten nie das K auf seiner Brust angesprochen. Zumindest nicht so bald.

Asher hätte ein unverbindliches Geräusch machen und das Thema wechseln können. Das wäre einfach genug.

Doch es gefiel ihm, dass Arabella nicht um den heißen Brei herumredete. Und wenn sie darüber Witze machen konnte, obwohl die Narben ihrer Folter viel schlimmer waren, sollte er das Gleiche tun können. „Du könntest da an was dran sein. Obwohl ich für immer hoffe, dass Honoria von dieser Anforderung ausgeschlossen ist."

Finn schmunzelte. „Und ich auch. Wir können doch nicht zulassen, dass dieses robuste, gute Aussehen beeinträchtigt wird, oder?"

Arabella schüttelte den Kopf. „Wie ich dich immer warne: Eines Tages wirst du ohne Haare auf dem Kopf aufwachen, wenn du weiter damit prahlst, wie gut du aussiehst."

Finn wackelte mit den Brauen. „Aber das tue ich, nicht wahr, Liebes?"

„Ich bin mir nicht sicher, ob ich darauf antworten sollte", sagte Arabella gedehnt.

Finn beugte sich an das Ohr seiner Gefährtin,

flüsterte etwas nur für sie, und Arabella errötete. „Hör auf, Finn."

Bram räusperte sich. „Darf ich euch meine Gefährtin vorstellen, Evie Marshall?"

Honoria streckte der Frau mit den dunkelroten Haaren und den blauen Augen, die an Brams Seite stand, die Hand entgegen und sagte: „Schön, dich kennenzulernen, Evie. Ich habe schon so viel von dir gehört." Honorias Blick wanderte zu einer großen, blonden Frau, die hinter Bram stand. „Und von dir auch, Jane."

Erst da bemerkte Asher Stonefires obersten Beschützer und dessen Gefährtin Jane. Wenn er ein bisschen Zeit finden könnte, um mit dem Mann über die neuesten Sicherheitsmaßnahmen bei Stonefire zu reden, dann wäre der Abend vielleicht nicht ganz so langweilig.

Sein Tier knurrte. *Wenn wir mit Ria tanzen, wird es nicht langweilig.*

Ich weiß, Drache. Aber ich bin nicht mehr so groß in Smalltalk, und ich bin sicher, dass wir viel davon machen müssen.

Sei einfach direkt, wie Arabella. Das macht es interessanter.

Asher kämpfte gegen ein Lächeln an. *Wir werden sehen.*

Honoria hatte mit den Frauen geredet, aber sie beendete das Gespräch und sah Asher an. „Sollen wir sie jetzt in die große Halle führen?"

Er bot ihr seinen Arm an. „Je eher wir damit beginnen, desto eher ist es vorbei."

Als sie sich bei ihm unterhakte, sah sie über ihre Schulter. „Wir haben später noch viele Dinge zu besprechen, also nicht in dunkle Ecken verschwinden! In eure Gefährtin verliebt zu sein, ist in Ordnung, aber der heutige Abend ist zu wichtig, um es zu riskieren. Wenn ihr euch jedoch für geheime Orte interessiert, an die ihr euch auf dem Heimweg schleichen könnt, um einander zu genießen, hab' ich ein paar Tipps für euch."

Asher biss sich in die Wange, um nicht zu lächeln. Wieder typisch Honoria, ihnen jetzt zu sagen, dass es kein Fummeln geben wird, aber ihnen dann bereitwillig Orte zu nennen, um es außerhalb von Skyhunter zu tun. Sie passte wunderbar in die Rolle der Clanführerin, ohne sich wirklich bemühen zu müssen.

Natürlich wollte er nicht testen, wie weit sie die anderen Anführer so schnell drängen konnte. Also geleitete er sie aus dem Raum und den Flur hinunter, der zur großen Halle führte.

Es war an der Zeit für die Eingeladenen aus Stonefire und Lochguard, sich unter seine Clan-Mitglieder zu mischen.

Asher hoffte nur, dass es sich nicht in ein Chaos oder einen Kampf verwandelte.

Honoria stand neben Asher, als Skyhunters Beschützer die verschiedenen Türen zur großen Halle öffneten. Mitglieder der drei Clans hatten vorsorglich in verschiedenen Bereichen gewartet. Als er sah, wie sie langsam den Raum betraten, fiel ihm eine Sache auf: Die Drachenwandler von Stonefire und Lochguard mischten sich schnell untereinander. Aber abgesehen von einigen älteren Skyhunter-Mitgliedern, die Leuten zuwinkten, die sie wahrscheinlich noch aus der Zeit vor Marcus King kannten, blieb der Clan von Honoria und Asher unter sich.

Bevor er zu viel darüber nachdenken konnte, wandte sich Honoria ihm zu und flüsterte: „Hast du irgendeine Idee, wie wir sie dazu bringen können, miteinander zu reden?"

Er starrte in ihre schönen blauen Augen und wünschte sich, er könne die Sorge dort sofort auslöschen. Sie versuchten jedoch immer noch, in der Öffentlichkeit keine Zärtlichkeiten auszutauschen. Also antwortete er nur: „Es ist zu früh, um sich Sorgen zu machen. Lass uns zuerst das Treffen eröffnen und dann sehen, ob wir zusätzliche Maßnahmen ergreifen müssen."

Sie nickte, und Asher ging zum vorderen Teil des Podests, wo auch die anderen Anführer waren. Er legte die Finger an die Lippen und stieß einen Pfiff aus, bis sich alle zu ihm umdrehten. Dann sagte er: „Willkommen bei der ersten Zusammenkunft von Clans in Skyhunter seit Jahrzehnten! Stonefires

Anführer, Bram Moore-Llewellyn, und Lochguards Anführer Finlay Stewart sowie ihre Gefährtinnen sind unsere Ehrengäste für den Abend. Wie ihr vielleicht bemerkt habt, haben sie auch ein paar ihrer eigenen Clanmitglieder mitgebracht. Und soweit ich weiß, beißen sie nicht."

Finn unterbrach: „Na ja, solange Skyhunter nicht zuerst beißt. Danach wird es ein faires Spiel, und wir Schotten sind ziemlich geschickt mit unseren Zähnen."

Er zwinkerte, und leises Lachen rollte durch den Raum.

Asher verfügte nicht über diese besonderen Fähigkeiten – und war sich nicht sicher, ob er es jemals täte – aber er vermutete, dass Honoria auf lange Sicht durch Scherze für Auflockerung sorgen würde.

Asher konzentrierte sich wieder auf die Menge und fuhr fort. „Ich weiß, dass uns unter dem ehemaligen Anführer beigebracht wurde, andere Drachenclans wie die Pest zu meiden. Aber Stonefire und Lochguard sind jetzt unsere Verbündeten. Und um zu zeigen, dass sie nicht beißen, werden Honoria und ich als gutes Beispiel vorangehen."

Obwohl Asher das nicht mit den anderen Clanführern geklärt hatte, war er ziemlich sicher, dass sie mit seiner Idee einverstanden wären, wenn es bedeutete, die Beziehungen zwischen den Clans zu stärken.

Sein Tier grunzte. *Hoffen wir es. Ich würde mich lieber heute Abend nicht duellieren.*

Asher ignorierte seinen Drachen, wandte sich Arabella zu und streckte eine Hand aus, die Handfläche nach oben. Er stellte sicher, dass alle seine Stimme hören konnten, und fragte: „Darf ich um den ersten Tanz bitten?"

Die Drachenfrau blinzelte nicht einmal und legte ihre Hand in seine. „Natürlich." Finn knurrte, und sie flüsterte leise genug, dass die Menge unten nicht in der Lage sein sollte, sie zu hören, selbst mit ihrem extrem empfindlichen Drachenwandler-Gehör: „Es gibt keinen Grund, eifersüchtig zu sein. Wir haben vorhin über Honoria und Asher gesprochen. Außerdem ist es ja nicht so, als wollte er mich mit extrem lebhaften Drillingen in eine Höhle verschleppen, wo er nur eine endlose Reihe von Windelwechseln, Schreien und Füttern ertragen müsste."

Asher blinzelte, aber zum Glück sprach Finn, damit er es nicht musste. „Aye, gut." Er durchbohrte Asher mit einem ernsten Blick. „Aber halte deine Hände davon ab, auf Wanderschaft zu gehen, Aye?"

Brams Gefährtin seufzte und ging zu Finn. „Ich hätte es nicht für möglich gehalten, aber du bist schlimmer als Bram. Komm, Finn, du kannst mit mir tanzen. Ich werde Honoria nicht so bald zwingen, es mit dir zu tun."

Finn fragte: „Was soll das denn heißen?"

Bram ging zu Honoria. „Du kannst dich glücklich schätzen. Finns Charme sollte man am besten in kleinen Dosen nehmen."

Einige Leute mochten überwältigt sein, wie die anderen Anführer und deren Gefährtinnen sich verhielten, aber jetzt, da die Wettkämpfe vorbei waren und seine Zukunft etwas sicherer war, genoss er es mehr als zuvor. Vielleicht konnte er eines Tages lockerer mit den anderen Anführern umgehen.

Vor allem, wenn er Honoria an seiner Seite hätte, als seine Gefährtin.

Sein Tier meldete sich zu Wort. *Natürlich werden wir sie haben. Und Honoria beruhigt uns, damit wir nicht so misstrauisch gegenüber den anderen Anführern sind. Obwohl ich hoffe, dass wir den anderen Männern nicht so nahe kommen wie Finn und Bram. Der schottische Drachenmann ist anstrengend.*

Er schnaubte. *Darin sind wir uns einig.*

Arabellas Stimme hinderte sein Tier daran zu antworten. „Möchtest du mir erzählen, was dein Drache gesagt hat?"

„Eher nicht."

„Wenn es um Finn geht, mach dir keine Sorgen, mich zu beleidigen, und sag es mir. Er kann anfangs ein bisschen viel sein, aber er ist ein sehr engagierter Anführer und würde alles für seine Familie und seinen Clan tun." Sie senkte die Stimme. „Der beste Weg, um mit ihm umzugehen, ist, unkompliziert zu sein und zu versuchen, den Charme zu ignorieren. Manchmal kann das schwer sein – selbst ich kann seinem Lächeln ab und zu nicht widerstehen –, aber wenn du es tust, wirst du ihn besser kennenlernen. Schließlich hat jeder so seine eigene Art von Rüstung, hinter der er sich verstecken kann."

Die Drachenfrau war klug für ihr Alter, so viel war offensichtlich.

Unsicher, was er dazu sagen sollte, besonders da Asher seit Jahren nicht in viele soziale Situationen mit neuen Leuten gezwungen worden war, nickte er nur und deutete in Richtung Tanzfläche. „Wie wäre es, wenn wir uns für den Tanz aufstellten?"

Arabella versuchte nicht, die Kontrolle zu übernehmen, als er sie die Treppe des Podests hinunter und in die Mitte des Raums führte, wo der Tanz stattfinden sollte.

Als alle drei Paare bereit waren, startete die Musik, und sie begannen zu tanzen.

Asher hatte die letzten Tage mit Honoria geübt – manchmal nackt, um seine Konzentrationsfähigkeiten wirklich auf die Probe zu stellen –, also trat er zumindest nicht auf Arabellas Füße, als sie sich im Raum bewegten.

Dennoch wusste er nicht wirklich, was er ihr sagen sollte. Honoria hatte es übernommen, mit der Drachenfrau über ein Treffen mit seiner Schwester zu reden.

Sein Tier meldete sich zu Wort. *Dann frag' sie danach. Sie ist eine Drachenwandlerin, kein Mensch und wird nicht beleidigt sein.*

Du willst also, dass die Leute unsere Folter ansprechen, wann immer sie Lust dazu haben?

Wir fragen nicht nach ihrem Schmerz, nur was sie mit Aimee vorhat.

Arabellas Stimme drang durch seine Gedanken. „Du erinnerst mich ein bisschen an meinen Bruder."

Er runzelte die Stirn. „Wie bitte?"

„Meinen Bruder Tristan. Er ist auch nicht sehr gesprächig. Und er strahlt die gleiche stille Kraft aus."

„Ähm, danke?"

Arabella lachte, und Asher bekam einen finsteren Blick von Finn. Er achtete jedoch nicht darauf und entschied, das Thema zu wechseln. Andernfalls könnte Finn eingreifen, und Asher bekäme nie die Gelegenheit, um Informationen zu bitten.

Nach einer leichten Drehung sagte er: „Ria sagte, du triffst dich morgen früh mit meiner Schwester. „Danke!"

Sie hob eine dunkle Augenbraue. „Wofür? Ich habe noch nichts getan."

„Allein, dass du gekommen bist, ist eine große Sache, und das weißt du. Finn mag Anführer sein, aber er würde keinen Narren zur Gefährtin nehmen."

„Nein, ich bin kein Narr. Und schön, dass du das erkennst." Sie hielt inne, und Asher fragte sich, ob er zu weit gegangen war. Aber dann wurde ihr Gesicht weicher, als sie hinzufügte: „Ich weiß, wie es ist, Angst vor dem eigenen inneren Drachen zu haben, und du sollst wissen, dass die Tatsache, dass du um Hilfe bittest, zeigt, wie sehr dir an deiner Schwester liegt."

Er sollte sich bedanken und das Gespräch auf ein leichteres Thema lenken. Aber es war seine Schwester, von der sie sprachen, und so drängte er weiter. „Wirst du ihr überhaupt helfen können?"

„Ich weiß nicht. Das heißt aber nicht, dass ich es nicht versuchen werde."

Sein leiser Optimismus verblasste einen Bruchteil. Als hätte sie seine veränderte Stimmung bemerkt, fügte Arabella hinzu: „Obwohl es eine Sache gibt, die ich dich fragen wollte, bevor ich mich mit Aimee treffe." Er hob fragend seine Augenbrauen, und sie fragte: „Würdest du sie mit nach Lochguard gehen lassen, wenn sie zustimmt?" Er öffnete den Mund, um „absolut nicht" zu sagen – sie mochten Verbündete sein, aber sie waren neue Verbündete, und es gab viel, was er nicht über die anderen Clans wusste –, aber sie kam ihm zuvor. „Und bevor du es kategorisch ablehnst, hör mir eine Minute zu, okay? Bei Skyhunter zu sein, erinnert sie an alles, was passiert ist. Ria sagte, deine Schwester hat das Haus auch nie verlassen. Ich vermute, es ist wegen der Erinnerungen. Bei mir war es ein wenig anders – ich wurde ja nicht innerhalb des Clans gefoltert. Aber ich konnte die mitleidigen Blicke der anderen nicht ertragen und habe mich ausgeschlossen, weil ich dachte, es wäre einfacher. Nur der Austausch mit einem anderen Clan und weil ich von

Jessie Donovan

Finns Familie akzeptiert wurde, hat mich schließlich aus meiner Schale kommen lassen. Es könnte sein, dass Aimee Skyhunter verlassen und irgendwo neu anfangen muss, an einem Ort, der nicht mit Terror, Schmerz und Verlust gefüllt ist, damit sie heilen kann. Lochguard wäre eine schöne Flucht, und meine Schwiegereltern werden sie mit offenen Armen begrüßen, wenn sie bereit ist. Kannst du wenigstens darüber nachdenken, Aimee zu erlauben, nach Lochguard zu kommen?"

Obwohl er Honorias Vorschlag, die Drachenfrau um Hilfe zu bitten, für eine interessante Idee gehalten hatte, überzeugte es ihn jetzt, als er mehr über die Einzelheiten ihrer Situation erfuhr, dass Arabella MacLeod tatsächlich diejenige sein könnte, die seiner Schwester zu helfen imstande war.

Auch wenn es bedeutete, sie kurzfristig zu verlieren.

Sein Drache meldete sich zu Wort. *Mum wird das nicht gefallen.*

Dann sollte sie vielleicht mit ihr gehen.

Er antwortete Arabella: „Ich kann die Entscheidung weder für Aimee noch für meine Mutter treffen. Aber wenn Aimee irgendwie andeutet, dass sie das will, dann werde ich darüber nachdenken."

„Und was, wenn ich nicht zu ihr durchdringen kann, solange ich in Skyhunter bin?"

„Dann frag meine Mutter, ob sie beide mit dir gehen könnten. Wenn meine Mum Ja sagt, dann lasse ich sie höchstwahrscheinlich gehen. Auch wenn ich dir gern vertrauen möchte, muss ich mit Finn die feineren Details bezüglich Aimees Sicherheit klären."

Arabella nickte. „Ich weiß, dass es schwer für dich ist, auch nur daran zu denken, deine Schwester wegzuschicken, und es zeigt, um wie viel Vertrauen du dich bemühst. Wenn es dir hilft, dann schwöre ich auf das Leben all meiner drei Kinder, dass ich, wenn Aimee nach Lochguard kommt, über sie wachen werde, als wäre sie meine eigene Schwester."

Drachenwandler schätzten Kinder, also sprach es Bände, dass Arabella ein solches Gelübde ablegte, ihre Pflichten ernst zu nehmen, wenn sie sie übernahm.

Sein Tier meldete sich zu Wort. *Ich glaube, sie ist ehrlich und will Aimee helfen. Bisher mag ich sie von den anderen Clan-Mitgliedern am meisten.*

Asher neigte kurz den Kopf. „Danke, ich danke dir für dein Gelübde." Die letzten Töne des Liedes schwebten in der Luft. „Aber solltest du das nicht zuerst mit deinem Gefährten besprechen?"

Arabella zuckte mit einer Schulter. „In einer solchen Situation wird er mir den Rücken stärken. Finn ist im Inneren ein großer Softie und hatte schon mit einigen Frauen zu tun, die auf ihre Art heilen mussten. Er wird genauso auf deine Schwester aufpassen wie ich. Nein, warte, wahrscheinlich noch mehr. Er ist in seiner brüderlichen Rolle ein bisschen überfürsorglich, vielleicht sogar noch mehr, als wenn er den knurrenden und beschützenden Gefährten gibt."

Das Lied endete, und genau zwei Sekunden später war Finn an Arabellas Seite. Er hielt seine Stimme leise, nur für ihre Ohren. „Ihr zwei saht während des Tanzes ziemlich vertraut aus."

Arabella lehnte sich gegen ihren Gefährten und klopfte ihm auf die Brust. „Es war etwas Wichtiges, es ging um seine Schwester."

Finns Zorn verschwand. „Ach, Aye?"

„Ich erzähle es dir, wenn wir allein sind." Arabella lächelte Asher an. „Danke für den Tanz. Wenn ich aus irgendeinem Grund heute Abend nicht mehr mit dir reden kann, komme ich morgen früh bei deiner Mutter vorbei, und wir können uns danach unterhalten."

Asher nickte, und das Paar ging davon, auf einen rothaarigen Mann zu, den Asher erkannte – Fraser MacKenzie.

Er hatte zwischenzeitlich erfahren, dass der ärgerliche Mann nicht nur dazu beigetragen hatte, sein Leben zu retten, sondern auch Finns Cousin war. Was bedeutete, dass er Aimee dem Bastard aussetzen würde, wenn er sie nach Lochguard gehen ließe.

Sein Tier schnaubte. *Er ist glücklich gepaart, und du musst zugeben, unsere Schwester braucht ein bisschen Leichtigkeit.*

Honoria berührte seinen Bizeps und erregte damit seine Aufmerksamkeit. Sobald er ihrem Blick begegnete, sagte sie: „Ihr beide schient über was Ernstes zu reden. Sollte ich mir Sorgen machen?"

Was hätte er nicht dafür gegeben, Honoria an sich zu ziehen und sie vor allen um den Verstand zu küssen, damit sie wussten, dass sie die seine war.

Stattdessen antwortete er: „Ja, wir haben über Aimee gesprochen. Wir können später weiterreden." Er zeigte zu dem am meisten abseits stehenden Haufen von Skyhunter-Mitgliedern auf einer Seite und der Lochguard- und Stonefire-Gruppe auf der anderen. „Hast du eine Idee, wie wir sie zusammenbringen können?"

„Genau genommen hat Bram beim Tanzen was erwähnt. Anscheinend gibt es eine alte englische Drachenwandler-Tradition, wenn mehrere Clans zusammenkommen. Es hat mit dem ersten richtigen Tanz zu tun, nachdem die Anführer ihren hatten. Jeder soll mit einem Drachen tanzen, der nicht aus dem eigenen Clan kommt, oder sie werden aufgefordert, die große Halle zu verlassen."

„Ähm, Ria, die meisten aus Skyhunter würden wahrscheinlich gehen *wollen*."

Sie hob eine Hand. „Lass mich zu Ende reden. Sie gehen, aber dann müssen sie in den nächsten See oder Fluss springen, bevor sie wieder auf das Land des Clans zurückgelassen werden."

„Ich glaube dennoch nicht, dass es funktionieren wird. Wir versuchen, die Leute dazu zu bringen, bei Skyhunter zu bleiben, nicht es zu verlassen."

„Ach, komm, Ash. Wir könnten es so abwandeln,

dass diejenigen, die nicht tanzen, versammelt und mit einem Gartenschlauch besprüht werden. Es wird Spaß machen, aber auch eine Art Bestrafung sein. Schließlich ist England nicht gerade eine tropische Insel und das ganze Jahr über warm."

„Wie genau sollte es Spaß machen, nass und kalt zu sein?", fragte er gedehnt.

Sie seufzte. „Lass es mich einfach versuchen, okay? Wir müssen was unternehmen."

Ihre Hand streifte seine, und ein Prickeln schoss seinen Arm hinauf. Sein Tier lachte. *Wirst du wirklich in der Lage sein, es ihr auszuschlagen? Denk doch mal nach. Wenn du nachgibst, wird sie uns später belohnen.*

Sie glücklich zu machen, sollte genug sein.

Gut, red dir das nur ein. In der Zwischenzeit werde ich mir den besten Weg überlegen, wie ich sie als die unsere beanspruchen und sie zum Schreien bringen kann.

Er wollte sein Tier nicht ermutigen und riskieren, einen Harten zu bekommen, besonders angesichts der Kilt-ähnlichen Kleidung, die nichts verbarg, und antwortete: „Ok, versuch es. Aber du wirst für alles verantwortlich sein."

Ihre Augen leuchteten auf, und sie klatschte. „Yay, das sollte Spaß machen! Und obwohl ich das Sagen habe, solltest du zur Unterstützung mit mir aufs Podest kommen. Vereinte Front und all das."

Sein Drache sagte, *Ich kenne einen Weg, wie wir vereint werden können.*

Ich will Ria nackt und unter uns, genauso wie du, aber kannst du es für ein oder zwei Stunden runterfahren?

Vielleicht sollten wir in einen eiskalten See tauchen.

Das ist nicht hilfreich.

Sein Tier schnaubte. *Schön. Ich versuche, mich zurückzuhalten, aber ich kann nichts versprechen.*

Honoria ging zum Podest, und er folgte. Der Abend war schon interessant. Vielleicht wäre am Ende jeder von Skyhunter ein bisschen anders als am Tag zuvor, und zwar auf eine gute Art und Weise.

Kapitel Dreizehn

ls das blasse Sonnenlicht am nächsten Morgen in ihre Küche eindrang, beobachtete Honoria Asher weiter. Er war von Natur aus kein gesprächiger Mann, aber er war sogar noch ruhiger als zuvor.

Nicht, dass sie ihm einen Vorwurf machen konnte. Auch wenn das Treffen größtenteils ein Erfolg war – fast alle hatten zumindest am ersten Tanz teilgenommen, und es war nur ein einziger Kampf zwischen zwei betrunkenen Drachenmännern aus verschiedenen Clans ausgebrochen –, waren die Gedanken ihres Mannes auf etwas anderes gerichtet.

Da sie allein in ihrem Cottage waren, zögerte Honoria nicht aufzustehen, zu ihm zu gehen und sich in Ashers Schoß niederzulassen. Seine Arme legten sich sofort um sie herum, und sie sagte: „Ich weiß, dass du bei deiner Schwester sein willst, aber

Arabella denkt, dass sie die beste Chance hat, zu Aimee durchzudringen, wenn sie sie allein trifft."

Er seufzte, während er Kreise auf ihrem unteren Rücken rieb. „Ich weiß. Aber wenn das nicht funktioniert, bin ich mir nicht sicher, was wir sonst noch tun können."

Sie streichelte seine Wange und antwortete: „Wir suchen weiter, bis wir was finden, mit dem wir ihr helfen können, versprochen."

Er zog sie fester an sich. „Du bist unglaublich, Honoria Wakeham. Habe ich dir heute schon gesagt, dass ich dich liebe?"

Einer ihrer Mundwinkel hob sich. „Nur zweimal. Und du weißt, dass ich es gern mindestens fünfmal höre."

„Ich liebe dich." Er bewegte den Kopf ein Stückchen weiter vor. „Ich liebe dich." Und wieder. „Ich liebe dich."

Sie trat näher und küsste ihn. Asher ließ seine Zunge in ihren Mund gleiten und streichelte jeden Zentimeter davon, fordernder als sonst.

Ihr Drache meldete sich zu Wort. *Er braucht uns. Ich lasse ihn dieses Mal sogar die Kontrolle übernehmen, wenn er sich dadurch weniger Sorgen macht.*

So sehr Honoria Asher wollte, wann immer sie ihn allein bekommen konnte, dachte sie nicht, dass jetzt der richtige Zeitpunkt wäre; Ashers Mutter konnte jederzeit mit einem Update anrufen.

Also küsste sie ihren Mann einfach weiter, bis Ashers Handy klingelte. Da der Klingelton derjenige war, den er speziell für seine Mutter verwendete, unterbrach Honoria den Kuss.

Er nahm das Handy und sagte: „Ja?"

Weil sie auf seinem Schoß saß, war es leicht, die Antwort seiner Mutter zu hören. „Aimee möchte nach Lochguard gehen."

Sie setzte sich höher auf, als sie das hörte.

Asher fragte: „Hat sie endlich geredet?"

„Nicht wirklich. Arabella hatte ein paar Karten dabei, mit verschiedenen Optionen darauf. Als sie sie fragte, ob sie eine Weile nach Lochguard gehen und bei ihr wohnen wolle, hat Aimee schnell die Karte mit der Aufschrift „Ja, ich will nach Lochguard gehen" genommen und sie Ara hingehalten. Nur um sicherzugehen, hat Arabella die Karten auf dem Tisch gemischt, die Frage wiederholt und Aimee hat die gleiche Karte ausgewählt." Seine Mutter hielt inne und fragte: „Wirst du uns gehen lassen?"

Sie beobachtete Ashers Gesicht genau. Beim kurzen Aufblitzen der Hoffnung schmolz ihr Herz.

Er sagte: „Wenn es das ist, was ihr beide wollt, dann ja."

„Ist es. Schließlich hat deine Schwester nicht mehr so reagiert, seit ..."

Die Stimme seiner Mutter brach, und Asher sagte: „Ich weiß, Mum. Und wir geben ihr eine Chance. Ich werde sofort da sein."

„Ja, bitte. Arabella muss bald los, will aber zuerst sicherstellen, dass du zustimmst. Ich würde sie lieber nicht warten lassen. Schließlich will sie nur zu ihren eigenen Kindern zurück."

„Danke, Mum. Bis nachher."

Asher schaltete das Telefon aus und starrte es an. „Aimee ..."

Honoria nahm seine Wangen zwischen die Hände und zwang ihn sanft, ihrem Blick zu begegnen. „Ich bin sicher, dass sie schneller wieder reden wird, als du ahnst. Eines Tages hast du deine kleine Schwester zurück, warte nur ab."

Er legte eine Hand über ihre und nickte. „Das hoffe ich wirklich."

Asher erlaubte nicht vielen, seine Schwächen zu sehen, aber bei ihr versuchte er erst gar nicht, seine Mischung aus Furcht und Sorge zu verbergen.

Was würde Honoria nicht alles tun, um ihn und seine Schwester einfach wieder glücklich zu machen. Selbst wenn sie die Geschwister nicht dazu bringen könnte, all die schrecklichen Dinge zu vergessen, die ihnen angetan worden waren, wäre ein Tag ohne Erinnerungen oder Rückblenden ein guter erster Schritt.

Ihr Tier meldete sich zu Wort. *Wenn er sich nicht an diese Dinge erinnerte, wäre er nicht mehr der, der er jetzt ist. Wir können die Vergangenheit nicht ändern, aber gemeinsam können wir eine verdammt gute Zukunft aufbauen. Vielleicht kannst du dich mehr bemühen, das zu erreichen.*

Da sie nicht über Gefährten oder die Tatsache reden wollte, dass Asher noch nicht ihrer war, küsste sie ihn schnell. Dann rutschte sie von seinem Schoß und deutete zur Tür. „Komm. Wenn wir die Details mit Arabella und Finn heute Morgen noch besprechen können, dann kann Aimee vielleicht schon heute oder morgen nach Lochguard gefahren werden. So kann sie so schnell wie möglich mit der Heilung beginnen."

Als sie das Cottage verließen, sagte Asher: „Ich werde sie vermissen, aber es ist ihre beste Chance. Sie hatte als Teenager so ein Feuer! Ich kann nur hoffen, dass du diese Seite von ihr zu sehen bekommst, auch wenn sie nicht mehr ganz so stark ausgeprägt ist wie früher."

Sie streifte seinen Arm. „Wir müssen Arabella einfach vertrauen."

Er nickte. „Es ist seltsam, jemandem so schnell zu vertrauen, aber irgendwas an der Drachenfrau lässt mich ihr glauben."

„Ich glaube, es liegt an den besonderen Umständen. Sie hat Ähnliches durchgemacht und ist auf der anderen Seite rausgekommen."

„Richtig." Er sah ihr in die Augen. „Danke, dass du das als Erste vorgeschlagen hast, Ria. Ich bin mir nicht sicher, ob ich daran gedacht hätte."

Wieder berührte sie seine Hand. „Du musst mir nicht danken. Wir sind ein Team, das heißt, wir sollten dem anderen helfen, wenn es nötig ist. Und ja, das bedeutet bei mehr als nur Clan-Themen. Ich hoffe, du denkst daran."

Er nickte. „Das tue ich."

Asher verstummte und dachte darüber nach, wer was wusste. Es gab Zeiten, in denen man ihn drängen und fragen sollte, was er dachte, aber da seine Schwester sie für unbestimmte Zeit verlassen würde, ging sie davon aus, dass er ein bisschen Ruhe brauchte, um sich damit auseinanderzusetzen.

Daher gingen sie den Rest des Weges in angenehmer Stille. Nun, so angenehm es sein konnte, wenn man bedachte, dass Asher bald von seiner Mum und Schwester Abschied nehmen musste.

Es stimmte, Honoria hatte am Ende nicht einmal die Chance gehabt, sich von ihren Eltern zu verabschieden, aber das war anders. Aimee und Lynne King würden nicht inhaftiert und hingerichtet werden. Der Abschied heute Morgen wäre traurig, aber auch glücklich, weil er ihnen Hoffnung gab.

Und wenn es etwas gab, das Skyhunter jetzt gebrauchen konnte, war es mehr Hoffnung.

Später am Abend stand Asher seiner Mutter und Schwester gegenüber, Honoria wartete draußen, für den Fall, dass er sie brauchte, und er versuchte, sich was einfallen zu lassen, was er seiner Familie sagen sollte.

Dass Aimee ein Beruhigungsmittel bekommen hatte, um sicherzustellen, dass sie die zwölfstündige Autofahrt von Skyhunter nach Lochguard in den schottischen Highlands überstand, machte den

Abschied nicht leichter. Ehrlich gesagt, war sie wahrscheinlich zu weit weg, um sich hinterher daran zu
erinnern, was er zu ihr gesagt hatte.

Und dennoch wollte er sie nicht ohne Worte
brüderlicher Liebe gehen lassen.

Natürlich war es zwar leicht, liebevolle Worte zu
Honoria zu sagen, aber bei anderen versuchte er das
nicht so oft.

Sein Tier knurrte, und Asher schloss die Augen,
damit Aimee nicht sehen konnte, wie seine Pupillen
sich in Schlitze verwandelten. *So schwierig ist das
nicht. Es ist die Wahrheit – wir lieben sie. Hör auf zu
zögern. Sonst spiegelt das nicht gerade Stärke wider,
und die müssen wir jetzt so oft wie möglich zeigen.*

*Wir stehen in Mums Cottage. Ich bezweifle, dass
hier drinnen Kameras versteckt sind. Jetzt sei still.
Wir dürfen nicht riskieren, Aimee zu verärgern, sonst
verzögert es ihre Abreise nur noch mehr.*

Schön. Ich bin still, bis sie fährt.

Sein Tier drehte sich im Kreis, bevor es sich
niederließ, den Schwanz um seinen Körper wickelte
und seinen Kopf darauf legte.

Asher öffnete die Augen und konzentrierte sich
zuerst auf seine Mutter. „Lass mich wissen, wenn ihr
irgendwas braucht. Und wenn sie euch auch nur
komisch ansehen, sag es mir, und ich kümmere mich
darum."

Seine Mutter lächelte. „Ich habe schon viel
Schlimmeres geschafft, Asher. Mir wird es gut
gehen."

Sie zog ihn in eine Umarmung, und er sagte: „Ich liebe dich, Mum. Es wird merkwürdig sein, wenn du nicht hier bist. Aber wenn es bedeutet, Aimee zu helfen, würde ich viel mehr tun, als mich zu verabschieden, um es zu erreichen."

Nachdem sie ihn fest an sich gedrückt hatte, ließ ihn seine Mutter los. „Ich habe Marcus' Herrschaft nicht überlebt, nur um danach fliehen zu können. Wir kommen zurück, und nicht nur, weil mein gutaussehender Sohn eine Hälfte der Führung ist. Ich weiß, du wirst brillante Arbeit leisten, Asher." Sie senkte die Stimme. „Vielleicht komme ich zu einem besonderen Anlass zurück?"

Er war dankbar, dass Honoria ihm ein paar Minuten allein mit seiner Mutter und Schwester gegeben hatte. Sonst hätte seine Mum ihm das Versprechen einer Paarung entlocken können, bevor sie es überhaupt wussten. Lynne King konnte hinterhältig sein, wenn sie wollte, obwohl es immer mit Liebe war. „Wenn es passiert, werde ich es dich wissen lassen."

Seine Mutter zog die Augenbrauen hoch. „Wenn? Doch wohl eher ‚sobald'. Das habe ich schon vorausgesagt, als ihr zwei noch Kinder wart. Ich habe ein Gespür für solche Dinge."

Er grunzte unverbindlich, in der Hoffnung, das wäre das Ende. Mit seiner Mutter zu streiten, kurz bevor sie für wer weiß wie lange ging, war nicht der Abschied, den er ihr bereiten wollte.

Seine Mutter deutete auf Aimee. „Ich gebe dir

eine Minute allein mit deiner Schwester. Sag mir Bescheid, wenn du fertig bist, und ich hole sie ab."

Als seine Mutter ging, wandte er sich Aimee zu.

Ihm gefiel nicht, dass ihre Augen halb geschlossen waren, oder die Tatsache, dass sie so aussah, als würde sie gleich auf einer Seite des Stuhls zusammensacken.

Aber er wusste, dass die Drogen notwendig waren, sonst würde sie nie die Reise überstehen.

Und sie musste diese Reise machen. Mehr denn je war er davon überzeugt, dass sie Skyhunter verlassen musste, um die Schrecken ihrer Gefangenschaft zu vergessen.

Sein innerer Drache sprach nicht, sondern schickte ihm ermutigende Wellen. Sie halfen immer, und eines Tages hätte Aimee das auch wieder.

Er weigerte sich, etwas anderes zu glauben.

Er hockte sich auf ihre Augenhöhe und sagte: „Lass dich von den schottischen Drachen nicht zu weit drängen. Wenn es zu viel ist, sag es. Und denk dran: Ich bin nur einen Anruf entfernt."

Aimee erwiderte nichts. Sie bewegte nicht einmal den Kopf.

Er hasste es, wenn sie so war, er hasste es absolut.

Aber er behielt ein Lächeln im Gesicht und verbarg seine wahren Gefühle. „Ich werde dich vermissen, Aims. Ich bin mir nicht sicher, ob ich dich bald besuchen kann, aber ich werde immer an dich denken."

Es kam keine Antwort von seiner Schwester.

Er wollte ihre Wange küssen oder sie umarmen, durfte aber keinen Anfall riskieren. Also sagte er nur: „Ich hole Mum, und du kannst los und dein neues Leben beginnen."

Sobald er das getan hatte, schaffte es seine Mutter, Aimee in ein Auto zu bringen.

Honoria trat an seine Seite, und gemeinsam sahen sie sie wegfahren.

Als seine Mutter und Schwester aus dem Blickfeld verschwanden, nahm Honoria seine Hand. In diesem Augenblick wurde ihm eines kristallklar: Seine Schwester und seine Mutter kehrten vielleicht nie wieder nach Skyhunter zurück. Honoria war jetzt sein Alles, und er musste es offiziell machen.

Er zog sie zurück ins Haus seiner Mutter und an seine Brust. Als er ihre Wange berührte, sagte er: „Ich muss dich was fragen."

Sie neigte den Kopf. „Was ist es?"

Asher wusste, was er wollte und zögerte nicht. „Willst du meine Gefährtin sein?"

Sie blinzelte. „Hm?"

„Honoria Wakeham, wirst du mir die Ehre erweisen, meine Gefährtin zu werden?"

„Ich möchte Ja schreien, aber warum diese veränderte Einstellung? Ich glaube, du hast was davon gesagt, wir sollten warten, bis der Clan stabiler ist."

„Gemeinsam weiß ich, dass wir ihn stabil machen. Aber ich darf nicht riskieren, dich zu verlieren, Ria. Und die Welt soll wissen, dass du die meine bist."

„Es ist eher so, dass du der meine bist."

Einer seiner Mundwinkel zuckte hoch. „Ich glaube, es kann beides sein."

Sie lächelte, und die Welt wurde sofort heller. „Das denke ich auch. Und ja, ich werde deine Gefährtin sein, Asher King. Und nicht nur, weil ich das hier jederzeit tun können und aufhören möchte, mich herumzuschleichen."

Sie zog seinen Kopf herunter und küsste ihn.

Als er jede Liebe, die er besaß, in diesen Kuss fließen ließ, konnten sowohl Mann als auch Tier die Paarungszeremonie nicht abwarten. Es wäre Skyhunters Erste, seit sie übernommen hatten, und in gewisser Weise war das besonders passend.

Zwei vom Hass getrennte ehemalige Liebende hatten ihren Weg zurück nach Hause gefunden, in die Arme des anderen. Skyhunter würde mit der Liebe von vorn anfangen.

Und in den nächsten Stunden zeigte Asher Honoria, wie sehr er sie liebte, immer und immer wieder, bis sie beide in den Schlaf fielen, umschlungen, als ob sie der Welt beweisen wollten, dass sie einander niemals gehen lassen würden.

Epilog

Fünf Jahre später

Honoria war noch nie so dankbar gewesen, dass ihr neugeborener Sohn gerne schlief. Viel. Ein Sturmwind hätte durch die Gegend wehen können, und er würde nicht mit der Wimper zucken.

Obwohl es wichtig war, neue Babys in den Clan einzuführen, war es nicht gerade ruhig in der großen Halle. Unter diesen Umständen war ein schlafendes Baby in der Tat selten.

Ihr Tier grunzte. *Das haben wir alles Aimees Schwiegereltern zu verdanken. Die Schotten sind unverbesserlich.*

Skyhunter hat auch seinen Anteil an wilden jüngeren Leuten.

Bei weitem nicht so schlimm wie sie. Ich würde ihnen zutrauen, dass sie irgendwann ein paar Dudelsäcke anzünden. Vor allem der Großvater wird Ärger machen, bevor der Abend um ist.

Archie ist harmlos.

Nur weil es ein besonderer Abend ist, werde ich so tun, als wüsstest du nichts von seinem Ruf.

Archie MacAllister hatte ein Leben lang mit seinem Nachbarn wegen eines Grundstücksgrenzstreits gekämpft. Anscheinend war es für die beiden nicht ungewöhnlich, in Drachengestalt Felsbrocken vom Himmel fallen zu lassen.

Sie blickte zu Aimee und ihrem Gefährten hinüber, einem schottischen Drachenwandler aus Lochguard, und konnte nicht umhin zu lächeln, weil so viele Familienangehörige um sie herum standen. Die MacAllisters waren von Anfang an fast alle aufgeschlossen gewesen. Dann kamen noch Gefährten dazu und kleine Kinder, und Honoria bezweifelte, dass es jemals wirklich Frieden und Ruhe gab, wenn sie alle zusammen waren.

Sie sagte zu ihrem Drachen, *Es könnte viel schlimmer sein als ein paar ausgelassene Schotten. Oder hast du vergessen, wie schwierig das erste Jahr war, alle davon zu überzeugen, dass Asher und ich nicht zu Diktatoren wie Marcus werden würden?*

Ihr Tier schnaubte. *Ich bin sicher, ihre Drachen haben uns viel früher vertraut. Ich verstehe ihre menschlichen Hälften überhaupt nicht. Wir haben eine Verbesserung und eine gute Sache nach der* anderen durchgeführt – einschließlich Austausche und Inter-Clan Beschützertraining. Und trotzdem haben sich viele widersetzt.

Es spielt keine Rolle, wie lange es gedauert hat, es zählt nur, dass es sie am Ende überzeugt hat.

Asher bahnte sich endlich seinen Weg nach oben auf das Podest und unterbrach das Gespräch mit ihrem Tier. Er küsste ihrem Sohn Julian die Stirn und dann Honorias Lippen. Er flüsterte: „Sorry, Liebes. Scheinbar hat jeder Ratschläge auf Lager." Er senkte seine Stimme nur für ihre Ohren. „Und auch wenn mein Drache es für das Beste hielt, ihnen zu sagen, sie sollten sich verziehen, habe ich mich irgendwie dagegen entschieden."

Sie hob eine Braue. „Wenn du denkst, dass deine Zurückhaltung lobenswert ist, dann kannst du lange warten. Ich glaube, jede ehemalige oder aktuelle Mutter von Skyhunter ist vorbeigekommen, um mir zu sagen, wie ich Julian erziehen soll. Nicht einmal oder auch nur zweimal. Ich schätze, jede mindestens fünfmal."

Ashers Lippen zuckten. „Es bedeutet nur, dass ihnen was daran liegt."

„Richtig, während die Männer dir nur auf den Rücken klopfen und ‚Gut gemacht!' sagen. Irgendwie scheint das nicht fair zu sein."

„Wir teilen alles, weißt du noch? Das ist nur einer dieser Umstände, bei denen es auf dich fällt."

Sie streckte die Zunge heraus, bevor sie hinzufügte: „Dann kannst du die charmante Rolle für den

Abend übernehmen. Nach all den Einzelgesprächen mit den Frauen bin ich zu müde dafür."

„Ich glaube nicht, dass du zu müde bist, um du selbst zu sein."

„Was, dass ich bis auf die Knochen müde bin und das meine Persönlichkeit beeinflusst haben könnte? Natürlich ist das die Wahrheit."

„Müde vom Baby, ja, das ist eine Selbstverständlichkeit. Aber du redest *gern* mit anderen. Ich, nicht so sehr."

„Was ist mit all den Trainings und Flugstunden, die du mit den Schülern machst?"

Ashers Rücken war gut geheilt, und seitdem unterrichtete er so viel, wie es sein Zeitplan erlaubte.

Ihr Gefährte grunzte. „Das ist was anderes. Sie wollen was lernen, und ich habe das Wissen. Das ist ein verdammt großer Unterschied dazu, Interesse an jemandes Gemüsegarten zu heucheln."

Sie biss sich auf die Lippe, um nicht zu lachen. Eines der Clanmitglieder war ziemlich begeistert von seinen Pflanzen, bis zu dem Punkt, dass, wenn ein Drachenjäger angreifen würde, er losrennen würde, um sie vor der Zerstörung zu bewahren.

Sie schluckte ihre Belustigung hinunter, zuckte mit den Schultern und zog dann die Decke um Julian zurecht. „Gleiche Anteile, erinnerst du dich? Ich habe die Mütter ertragen, also bist du jetzt dran."

Er seufzte. „Schön. Aber nur, weil ich dich liebe."

Sie strahlte. „Es ist erstaunlich, wie oft das zu

meinen Gunsten funktioniert." Er schüttelte den Kopf, aber sie beugte sich vor und küsste ihn schnell. „Ich liebe dich auch, Asher King. Heißen wir unseren Sohn im Clan willkommen!"

Asher ging zum vorderen Teil des Podests, und Honoria stellte sich neben ihn. Als er den Clan beruhigt hatte, war es ein deutlicher Kontrast zu ihrem allerersten Clan-Treffen. Damals waren die Anwesenden sofort verstummt. Diesmal dauerte es jedoch fast drei Minuten, bis Asher die Menge zum Schweigen brachte.

Und doch konnte sie nicht anders, als darüber zu lächeln. Es hatte Jahre gedauert, aber Skyhunter war größtenteils geheilt und eine zusammenhängende Einheit geworden. Dann noch die Anwesenheit der MacAllisters von Lochguard, und wie viele von Skyhunter begrüßten einen oder mehrere von ihnen als Freunde – das war sogar ein noch größerer Kontrast zu den frühen Tagen.

Als sie auf das Gesicht ihres schlafenden Sohnes starrte, überflutete Glück ihren Körper. Dem Clan ging es gut, sie liebte Asher mehr denn je, und ihre Familie hatte ihren schönen Jungen vor zwei Wochen begrüßt.

Hinzu kamen die soliden Bündnisse mit den anderen Drachenclans und die Beziehungen zu den Nachbarmenschen, und es war schwer zu glauben, dass Honorias Eltern sie vor fast zwanzig Jahren mitten in der Nacht von Skyhunter weggeschickt hatten.

Asher hatte die Menge endlich ruhig bekommen, und er ließ seine Stimme ertönen, sodass selbst die wenigen anwesenden Menschen ihn hören konnten. „Das könnte ein neuer Rekord sein, wenn es darum geht, eure Aufmerksamkeit zu bekommen. Vielleicht können wir das nächste Mal daran arbeiten?"

Der alte schottische Drachenmann Archie schrie: „Ich habe immer noch meinen Dudelsack, Laddie. Sag einfach was, und ich werde alle ruhig kriegen, Aye?"

Man musste Asher zugutehalten, dass er nicht die Stirn runzelte. „Danke, aber ich würde meinen Sohn lieber nicht wecken. Apropos, deshalb sind wir alle hier, um Julian Kings Ankunft im Clan zu feiern. Und auch wenn wir die Präsentation des Tattoo-Designs später machen – Skyhunter, begrüßt bitte unseren neuesten Ankömmling, und teilt ihm mit, wie sehr wir ihn willkommen heißen!"

Asher nahm Julian vorsichtig mit einer Hand unter dem Kopf und der anderen unter seinem Po. Er hob ihr Baby vorsichtig über den Kopf. „Sagt Hallo zu Julian, einer und alle."

Honoria hielt den Atem an, als alle jubelten, aber ihr Sohn rührte sich nicht einmal.

Ihr Tier meldete sich zu Wort. *Hör auf, dir so viele Sorgen zu machen. Es ist schön, dass er nur weint, wenn er Hunger hat oder die Windel gewechselt werden muss. Es könnte viel schlimmer sein, wie bei dieser einen Mutter.*

Da war eine Frau in Skyhunter, die Zwillinge

hatte, die immer weinten, wenn sie das Haus verließen. *Der Arzt sagte, sie seien gesund, und ich bin
sicher, dass sie daraus wachsen werden.*

Asher nahm Julian wieder herunter und
kuschelte ihn an seine Brust. „Jetzt habt Spaß und
genießt die Feier. Ria und ich werden in Kürze da
sein, damit alle ihre offiziellen Begrüßungswünsche
an das Baby richten können."

Sie bemerkten beide, dass Archie sich auf einen
Stuhl stellte. Wie der Mann das so flink machen
konnte – er musste in seinen Siebzigern sein –, hatte
sie keine Ahnung.

Asher sprach, bevor Archie es konnte. „Und kein
Singen oder Dudelsack, bis die Kleinen für die
Nacht hingelegt werden. Das überlassen wir dem
Erwachsenenteil der Feier."

Der alte Mann seufzte, und seine Enkel halfen
ihm vom Stuhl. Honoria sah Aimee in die Augen,
und sie teilten ein Lächeln.

Aber dann war Archie weg, um sich um
irgendwas zu kümmern, und Aimee ging, um ihrem
Gefährten und dessen Geschwistern zu helfen.

Honoria nutzte die kurze Minute Ruhe, um sich
an ihren Gefährten zu lehnen und die Wange ihres
Sohnes zu streicheln. „Ich liebe dich, Julian." Sie sah
zu Asher auf. „Und ich liebe dich auch, Ash."

„Nicht so sehr, wie ich dich liebe, Ria."

Bevor sie darüber streiten konnten – sie schienen
das oft zu tun –, lehnte er sich hinunter und küsste
sie. Als er sich die Zeit nahm, die Innenseite ihres

Mundes zu streicheln und sie mit jedem Schlag wissen zu lassen, wie viel ihm an ihr lag, vergaß sie alles außer ihm, sich und dem kleinen Bündel unter ihren Fingern.

Vor Jahren, als sie das Recht gewonnen hatte, Mitanführerin von Skyhunter zu sein, hatte sie mehr als nur einen Clan gewonnen, um den sie sich kümmern musste. Sie hatte die Liebe ihres Lebens gefunden.

Und sie konnte es kaum erwarten zu sehen, was die Zukunft für sie bereithielt.

Die Entdeckung des Drachen

Lochguard Highland Drachen #6

Das Ministerium für Drachenangelegenheiten schickt Dr. Kiyana Barnes mit einer Gruppe Menschenfrauen nach Lochguard, die offen für Drachengefährten sind. Sie soll ihnen dabei helfen, sich an die Gegenwart von Drachenwandlern zu gewöhnen, und gleichzeitig beobachten, wie der Clan tagtäglich funktioniert. Sie sollte definitiv nicht bemerken, wie der Blick von einem bestimmten Drachenwandlerlehrer ihre Haut in Brand setzt, geschweige denn, ihn in einem schwachen Moment bitten, sie zu küssen, angesichts ihrer Vergangenheit.

Alistair Boyd verbringt die meiste Zeit in den Archiven des Clans und sucht nach einer Lösung, um das Versprechen einzuhalten, das er sich selbst vor drei Jahren gegeben hat. Als sein Clanführer ihm jedoch befiehlt, die neueste Gruppe von Menschen zu unterrichten, die nach Lochguard gekommen ist, hat er keine andere Wahl, als seiner Clanpflicht nachzugehen. Eine der Frauen fällt ihm ins Auge, aber er versucht, ihr zu widerstehen. Schließlich hat er ein wichtiges Gelübde abgelegt. Eines, das beinhaltet, sich von Frauen fernzuhalten, bis es vollendet ist.

Ein schwacher Moment führt zu einem Kuss, der sowohl Kiyanas als auch Alistairs Leben für immer verändert. Unglücklicherweise bedeutet ein Clannotstand, dass Alistairs Drachen länger schweigen muss, als er möchte. Wird Alistairs Pflicht dem Clan gegenüber seinen Drachen am Ende verletzen und die Frau wegstoßen, die seine zweite Chance ist? Oder wird er schneller als vorgesehen fertig sein und alles haben, von dem er nicht einmal gewusst hatte, dass er es wollte?

Snowridge Verwandeln

Stonefire Drachen Universe#2

Rhydian Griffiths ist der Anführer von Clan Snowridge im Norden von Wales. Er führt nicht nur seinen Clan, sondern kümmert sich auch allein um einen verwaisten Jungen. Die Frist, in der überlebende Familienangehörige ihn abholen können, läuft allmählich ab, und Rhydian beschließt, den Jungen selbst zu adoptieren. Stunden später taucht eine Menschenfrau am Tor seines Clans auf und behauptet, sie sei die Tante des Jungen. Auch wenn er normalerweise ihr Feuer und ihre Entschlossenheit bewundern würde und sein Drache sagt, er will den Menschen, muss Rhydian widerstehen. Das Letzte, was er braucht, ist ein Mensch, der in seinem Clan lebt.

Delaney Murphy hat die letzten drei Monate damit verbracht, sich auf den Kopf zu stellen, um zu beweisen, dass sie Rians Tante ist. Als sie endlich den verdammten walisischen Clan in den Bergen findet, sagt man ihr, die Frist sei abgelaufen. Auch wenn sie versuchen, sie zu erschrecken, indem sie sie in eine Gefängniszelle werfen, macht sie das nur entschlossener. Schließlich ist Rian ihre einzige Familie. Vorausgesetzt, sie kann, um sich einen Plan einfallen zu lassen, lange genug ignorieren, wie der ernste Drachen-Clanführer sie ansieht, dann wird sie in der Lage sein, ihren Neffen als den ihren großzuziehen.

Während Rhydian versucht, die Frau zu ignorieren, erinnert ihn eine Drohung daran, warum jeder Mensch in Snowridge in Gefahr sein könnte. Er muss mit Delaney zusammenarbeiten, um nicht nur ihre Sicherheit zu gewährleisten, sondern auch Rians. Natürlich könnte das bedeuten, die Familie aufzugeben, die er heimlich immer gewollt, aber lange verleugnet hat.

Über die Autorin

Jessie Donovan hat mehr als eine halbe Million Bücher verkauft, Hunderttausende weitere kostenlos an ihre Leser*Innen verschenkt und es sogar auf die Bestsellerlisten der *NY Times* und *USA Today* geschafft. Sie ist vor allem für ihre Drachenwandler-Serie bekannt, schreibt aber auch über Elfenhexen, Vampire, Alien-Krieger und hat sogar eine verrückt-komische Liebesromanreihe aufgelegt, die in Schottland spielt. Wenn sie nicht gerade ein Buch liest, auf ihrem Laufband joggt oder mit nur wenigen Groschen in der Tasche durch ein fremdes Land reist, findet man sie oft auf Facebook oder TikTok, wo sie mit ihren Lesern interagiert. Sie lebt in der Nähe von Seattle. Dort regnet es zwar oft, doch der Regen macht auch alles grün.

Besuchen Sie ihre Website unter: www.JessieDonovan.com